赤松中學

緋 的亞莉亞V

the Scarlet Ammo

序曲的終止線

穿甲彈1 穿越時空的男人

「加奈！——加奈！」

連聲叫喊的我很清楚，自己懷中的加奈正逐漸虛脫無力。

從她左胸膛流出的鮮血，絲毫沒有停止的跡象。

啊啊！我不想承認。

我不想承認。

可是，加奈的心臟——被擊中了！

武偵高中的防彈制服，就算是來福槍的子彈也擋得住。

然而，對方狙擊加奈時所用的子彈，恐怕是A—TNK彈（對TNK纖維專用彈）。

肯定錯不了。那是一種穿甲彈，要製造在理論上是可行的，但卻不被國際社會所允許。

「……金次……這個拿去——」

加奈，不，大哥目光銳利地，用顫抖的男性聲音——爆發模式似乎解除了——將藏在身後的某樣東西遞到我手中。

（這是亞莉亞的……！）

白銀和漆黑色的 Government，還有彈匣。

雙槍原本被佩特拉藏了起來，八成是大哥從她身上找到的吧。

我接下雙槍後轉頭一看，發現亞莉亞在安蓓麗奴號的船首茫然而立。

「快趴下，亞莉亞！我們被攻擊了！妳想挨子彈嗎！」

我抱著加奈蹲下的同時，硬是將亞莉亞纖細的手腕往下拉。

「……！」

亞莉亞一屁股跌坐在地……視線雖然朝著夏洛克的方向，但驚愕之餘兩眼失焦無神，幾乎是呆滯狀態。

這也很自然。開槍擊中大哥的人，是亞莉亞打從心底敬愛的「完美人物」，甚至連照片也不離身的……夏洛克・福爾摩斯——

——也就是亞莉亞的曾爺爺！

偵探科的教科書上說夏洛克生於西元一八五四年……現在他居然還活著，而且還是伊・U的首領。

亞莉亞的心不可能跟得上，這種突如其來的發展。

她癱坐在地。我把手槍塞進她的槍套後，以甲板的防落欄杆為掩護，瞪視著大海。

伊・U。

讓亞莉亞的母親蒙受不白之冤、視法律如無物的集團組織。

一個任何國家都無法干涉、專門製造超人的機構。

現在該組織**浮現**在我們的眼前。

——原來如此，也難怪任何國家都無法干涉。

因為伊・U的廬山真面目，是一艘潛藏在廣大海域的……核子潛艇！

四月的劫機事件自我的腦中閃現。

當時，我們的ANA600號班機在相模灣上空飛行時，被一顆**來處不明**的地對空飛彈給擊中。原來那也是伊・U的攻擊——來自大海！

「……！」

此時，我的雙眼捕捉到**一樣東西**。

當我看到時已經太遲了。

伊・U的正面，朝著我們的安蓓麗奴號——

而有兩道**白色的航跡**，在淺海中朝這裡逼近。

那是——魚雷！

「……咦……？」

亞莉亞見到魚雷發出驚訝聲，似乎無法理解眼前的景象——同一時間，一陣從船底往上衝的劇烈震動，伴隨了兩股爆炸聲響，朝安蓓麗奴號襲擊而來。

水柱沖天，飛濺的水花成了豪雨，落在甲板上。

「呀啊啊！」

白雪在我身後發出悲鳴。

「——白雪！」

我轉頭一看，白雪緊抓著佩特拉的黃金靈柩，好不容易才維持住姿勢。靈柩也因為剛才的衝擊橫倒在地。

「我、我不要緊！剛才那是……！」

「我有瞄到一下……大概是Ｍｋ－60艦對艦魚雷！是伊・Ｕ發射的！」

還維持在爆發模式下的我，大叫的同時確認了損害的狀況。

安蓓麗奴號原本就被佩特拉炸到半沉，而剛才的魚雷似乎成了致命一擊。

船體勉強漂浮在水面上，眼看正逐漸沉沒，下層甲板甚至冒出了火焰和黑煙。

致命性的浸水和火災——已經沒救了，必須棄船避難才行。

過去我看過安蓓麗奴號的構造圖，此刻我一邊回想，並且發出了指示。

「白雪，船尾那邊應該有救生艇！妳把它放下去！」

白雪點頭回應，往甲板後方跑去。

下一個瞬間——砰！

佩特拉在白雪離開黃金靈柩後，一腳踢開棺蓋衝了出來。

她身上還穿著類似比基尼的貼身衣物，一個翻滾落地，散亂著妹妹頭朝這裡衝了過來。

「──喂、喂！」

「金一！」

佩特拉無視準備拔槍的我，動作如野獸一般朝大哥撲去。

接著用失去黃金涼鞋裝飾的赤腳，將我推開。

「金一，啊啊！金一……！」

佩特拉眼泛淚光，按住了大哥左胸膛的槍孔後，手部開始冒出藍白色的光芒。

看到這一幕，我的直覺告訴我，佩特拉治癒過亞莉亞的槍傷──她似乎有治療傷口的秘術。

然而，從她拚死的表情來看，她沒有金字塔這個魔力源頭，能否治療好大哥的致命傷還是未知數。

──話雖如此，現在也不是二度拘捕佩特拉的時候。

安蓓麗奴號的船首濃煙籠罩，而伊・U正從濃煙的另一頭緩速逼近。夏洛克・福爾摩斯──自其後部突出的艦橋走下，站到甲板上，穿過全長三百公尺的核子潛艇，朝這裡走來。

（……來了……！他過來了……！）

只能拚了——是嗎。

伊・U的首領，一個世紀前的英國英雄：夏洛克・福爾摩斯。

他腳下的船艦名為伊・U，是六十年前日德兩國的潛艦代號。艦體則是三十年前自俄羅斯——舊蘇聯手中偷走的核子潛艇。裝載的魚雷是現代美軍所用的Mk－60。

原來如此。就跟教科書上寫的一樣，夏洛克・福爾摩斯。

你是「行跡遍步世界各地的男人」——

不對，應該是「穿越時空的男人」嗎？

隨著砰隆一聲的低響，安蓓麗奴號似乎在水面下和伊・U碰撞相接，再次大幅搖晃。

你想做什麼，夏洛克・福爾摩斯。

你打算從正前方上船嗎？

可是，安蓓麗奴號的船首已經起火燃燒。

（他要怎麼越過這道火牆？）

正當我如此思考時，有一樣白色物體乘風飄過我的眼前。

那東西在火光下飛舞閃爍，光芒隨著角度不停改變，如同寶石一般。

（……雪……？）

不，不對。

這數量急速增加的細微冰粒——是鑽石冰塵。

銀冰魔女．貞德所驅使的魔術冰塵，貫穿了黑煙和火焰飛散而來。

我注意到冰塵的瞬間，煙幕和火牆被銀冰的漩渦給推了開來。

接著，他任由火光下飛舞閃爍的冰塵，環繞在身體四周……

同時現身了。

——夏洛克．福爾摩斯。

無論是誰都會認同他是世上最頂尖、最厲害的名偵探。

他穿著設計古風的西裝，打扮隆重，體型高大，至少有一百八十公分。年紀——不知為何看起來像二十歲左右。

髮型是整齊的後梳頭，鼻子高挺，五官端正……但給人的感覺卻比教科書上的照片還要強健，同時散發出一股**難以對付**的氣息。

夏洛克「喀答喀答」地踏響黑色皮鞋，走了過來。在他身後的海面上，有一片海水凍結而成的巨大流冰群，像舢舨一樣浮在那裡。

流冰和安蓓麗奴號的船首之間，還架著一座黃金樓梯。樓梯在我的眼前逐漸變回一粒粒的沙金……沙金和銀冰交相混雜，在他的身後閃爍飛舞。

看到眼前的景象，爆發模式下的我注意到一件事情。

就像一道連鎖反應般，逐漸摸透了他的底細。

（……是嗎，原來是這樣啊……！）

夏洛克用**大哥的招式**擊倒了大哥。甚至還會用貞德的冰魔法、佩特拉的鍊金術，還像德古拉伯爵弗拉德一樣，活了一百年以上。

弗拉德和貞德說過。

伊・U是集結了擁有天賦之才的人物，彼此授受技術的場所。

天才之間，無止境地共有能力。

最終的結果，理當會出現兼備**全員**能力的**完全體**。

而「完全體」肯定是最強悍的。也是一個受人畏懼的最強存在吧。

簡單來說，那個完全體就是他們的首領——夏洛克・福爾摩斯！

「——**我已經推理到**，是見面的時候了。」

夏洛克開口說出的第一句話，使我全身的細胞僵硬了。

這個氣氛——

是怎麼回事？

這算是一種領袖特質嗎？

似乎在這男人面前，任何人都會不自主地俯首稱臣。光是簡單的一句話——

就傳遞出這種**格調的差異**。

「——卓越的推理，接近預知。我把它稱作『條理預知』。換句話說，**這件事情**，我預先就知曉了一切。所以加奈……不對，遠山金一。你內心的想法——我也早就推理到了。」

夏洛克的態度就像在對考試的答案一樣，對瀕死的大哥如此宣告。

大哥用不成聲的聲音說了一句話後——咯出了鮮血。

是喔——我用在偵探科學習到的讀脣術，判讀出那句話。

「對了，遠山金次，你也認識我吧。我會這麼想絕對不是傲慢使然，這點希望你能了解。因為我這個人，已經是書籍和電影的老題材了。不過很可笑的是——我必須向你自我介紹。因為這裡好像沒有半個人，可以把我介紹給大家認識。」

這種拐彎抹角的講話方式，似乎是他的習慣吧。接著，福爾摩斯間隔了一拍後——

「——初次見面。我是夏洛克・福爾摩斯。」

報上了姓名。

我想也是。

我想也是吧。他是本尊，不是冒牌貨。爆發模式下的直覺，也如此告訴我。其實他是演員或高性能機器人——看來我不能期待這種天真的結局。

「亞莉亞。」

聽見夏洛克在呼喊自己的名字，茫然的亞莉亞挺直了腰桿。

接著，流著相同血液的兩人四目相接——

這剎那間，周圍流露出一股氣氛，兩人彷彿相互來往了一萬條資訊似的。

「時代雖然在改變，但是妳永遠都不會變。福爾摩斯家的淑女代代傳承的髮型，妳也確實遵守了。剛開始，那是我要妳曾祖母這麼做的。因為我已經推理到，總有一天妳會出現。」

夏洛克看著亞莉亞的雙馬尾——

宛如老師在對學生一樣，輕鬆地走到我們之間。

對此，我出於本能想將貝瑞塔稍微上舉時，

「——你可要小心一點。玩弄銳利的刀刃，總有一天手會受傷的。」

夏洛克沒有看我這裡；但很明顯是在警告我。

光是這樣，我的手好像又中了定身咒一樣，停了下來。

——怎麼搞的。

這男人是怎麼回事。

這就是正牌的——「**偉人**」嗎？

不是我們這種後代子孫，而是始祖是嗎？

「亞莉亞。妳好美，而且堅強。擁有福爾摩斯一族最優秀的才能、天賦異稟的少女——就是妳。然而，妳卻被人當成福爾摩斯一族的吊車尾、缺陷品……本身的能力不被家族認同的日子，想必非常痛苦吧。不過，我可以恢復妳的名譽。妳是我的**接班人**，現在——我來迎接妳了。」

「……啊……」

亞莉亞小小應了一聲，完全說不出話來。

那不是反抗的話語。

對方再次和她說話，她才總算認清這是現實——亞莉亞柔弱的聲音，帶有這種感覺。

「來吧，亞莉亞。不管妳方不方便，都來到我的身邊吧。」

夏洛克擺動長外套的衣襬，伸出手來說。

亞莉亞身體僵硬，平常好勝的雙眼，流露出某種脆弱的情感。

「來吧。**這樣一來，妳的母親就能得到救贖**。」

緊接而來的這句話，讓亞莉亞瞪大了紅紫色的眼眸，彷彿快將它撐破。

她現在的表情——很明顯和剛才一臉愕然的模樣有所不同。

我知道亞莉亞的心，因為剛才那句話一口氣傾倒了，傾向夏洛克的懷中。

夏洛克露出愉悅的表情，彷彿在說「妳的反應就和我推理的一樣」。

「來，亞莉亞。」

接著手勢有如在跳古典社交舞，把亞莉亞抱入懷中。

「——不管怎麼說，讓這麼好的機會從手中溜走，之後可是會後悔的。」

接著，又用公主抱直接把她抱了起來。

「啊……！」

亞莉亞一個喘息——卻沒有抵抗。

只是**任由對方擺布**。

夏洛克隔著衣服，撫摸亞莉亞背上的舊彈痕，像在憐恤似的。接著——

他一個轉身，向手中的亞莉亞炫耀眼前的核子潛艇。

「走吧，這是妳的伊・U。」

夏洛克的前方，火勢已因鑽石冰塵而消弭……

伊・U的威儀，再次鮮明地呈現在眼前。

「——金次……！」

亞莉亞在他的手中轉過頭來，臉上的表情分不清楚是混亂還是膽怯。

但是，她沒有拒絕這一切。

她打算接受這突然造訪的命運轉機。任憑夏洛克的擺布。

「亞莉亞，你們還是學生對吧。那麼接下來就把它當作是『複習』的時間吧。」

語畢，夏洛克像在飛越小河般，輕鬆地從安蓓麗奴號的船首一躍。

接著，長外套的衣襬如紙飛機，瞬間輕飄張開，軟著陸在伊・U前方飄浮的流冰群上。

人類難以飛躍的高度和距離，就這麼輕鬆一跨——

（那……那是……！）

剛才外套不自然的動作。

就跟理子能操控自己的頭髮一樣，那是相同類型的超能力……！

那傢伙也用了同樣的招式嗎？

不對，現在更重要的是——亞莉亞她，

她要被帶到伊・U去了。

佩特拉也綁架過亞莉亞；然而這次的事態和先前不一樣。情況更加嚴重。

剛才夏洛克抱起亞莉亞時，亞莉亞**想逃的話其實做得到**。至少她還有辦法掙扎。

但是，亞莉亞沒這麼做。

她沒有躲開。

她被自己打從心裡尊敬的夏洛克・福爾摩斯誇讚，被奉為接班人，然後……對方甚至還說，能夠解救她蒙受不白之冤而入獄的母親——神崎香苗……

讓她因此失去了反抗的理由。肯定是這樣吧。

不過，亞莉亞。

——不要去。

不要過去。

我知道。我不知為何，就是知道。

那傢伙——夏洛克是一個**危險人物**！

「亞莉亞！」

夏洛克遠離之後，我的定身咒才終於解開。隨後，我才終於在眼看就要沉沒的安蓓麗奴號船首叫出聲來。我藉由吼叫，再次認清到眼前的狀況而咬牙切齒。

我的同伴、夥伴，**被人搶走了**。就在我的眼前。

——要趕快追上去才行。

可是，我無法從這裡跳到飄散在伊・U前方的流冰上。

我該怎麼做才好……！

「亞莉亞————！」

只能吼叫的我，再次大聲疾呼時——

——噗通——！

一種炙熱的感覺，環繞在我身體的中心和中央。

這是——爆發模式……？不對。我現在已經是爆發模式了。

不一樣。有點不一樣。現在這種感覺，和平常不一樣……！

「……夏……洛克……愚蠢的東西。只不過打穿了……我的心臟，就以為自己贏過正義了嗎……」

我聽到身後傳來大哥的聲音，轉過頭去。

眼前的大哥扯掉了身上的衣物，露出全身漆黑如刺客般的襯衣，正打算站起來。

他胸前的傷口治療到一半，流血沒有完全止住。

「不、不要站起來，金一！你還不能起身！傷口還沒痊癒！」

佩特拉緊抱住大哥，想要制止他。

「這樣就夠了——**不要再治療我了**。」

大哥語氣強硬，擺動身後的長髮一口氣鬆開了它——接著把藏在髮中的大鐮刀丟棄在身後，似乎想減輕自身的重量。

看到他銳利的目光，

「……！」

我倒抽了一口氣。

大哥不知何時——又再次進入了爆發模式……！

這是怎麼辦到的。他失去了身為加奈的自己，在這無法依賴性亢奮的狀態下，他是怎麼……**進入的**？

大哥擦拭嘴角的血液，有如在回答我的疑問般站到我的身旁——

「金次，你記好。ＨＳＳ——爆發模式中，有一種可以對應時機和狀況的衍生技巧。現在的我，是垂死爆發——」

你說……什麼？

爆發模式的**衍生技巧**……？

「別名：瀕死爆發。身負重傷瀕臨死亡的男人，會有一種想在死前留下子孫的本能——這個能力是利用那種本能，而顯現出來的爆發模式。」

我從來不知道……我們的爆發模式中還藏了這種祕招。

可是，可是，真是這樣的話，大哥。

那不就是一種——**拿命來換**的爆發模式嗎！

「大哥，快住手……你不需要戀戰到這種地步！」

「不要阻止我，金次。這是一個好機會。這艘遊輪是日本籍，所以船上適用日本的法律，那傢伙在這裡誘拐了未成年少女——這是能夠以現行犯來合法逮捕夏洛克的絕佳機會。」

「可是……！」

「你要記住，一瞬的良機，勝過一生無為……！」

大哥。

你用那顆破裂的心臟。

名副其實地，擠出了死前最後一絲的力量。

就算變成這樣，你還是打算與之對抗嗎？

為了自己信奉的「義」……！

「聽好，金次。剛才你的吼叫——讓我確信了一件事。現在你的爆發模式，也是非比尋常之物。」

什麼……？

「通常的爆發模式是基本爆發，是**保護**女性的爆發模式。不過現在的你，正逐漸轉變成狂怒爆發——也就是**搶奪**女性的爆發模式。因為在你眼前……自己的女人被別的男人搶走。」

……！

「你要小心……狂怒會在通常的爆發模式中，對自己以外的男性加入憎惡或嫉妒等負面情感，是一種危險的能力。對女性也會比較粗野，有時會用盡全身力氣，想要將一切搶回來。戰鬥能力雖然是基本爆發的一・七倍，不過思考會充滿攻擊性——可以說是一把雙面刃。這種狀況會很不安定——要控制也不是不可能，不過剛開始很困難吧……金次，很遺憾，現在我沒時間多加警告你。等船體再沉一公尺我們就跳吧——

和我合作……！」

一連串的驚訝，已讓我瞪大了雙眼——

而大哥最後的一句話，更是讓我雙眼圓睜。

「大、大哥……！」

幾年前……我曾經央求大哥，想要和他一起戰鬥。

可是，大哥不曾和我搭檔過。

因為我們的實力差距太大，他判斷我會成為他的絆腳石。

所以上個月大哥找我去殺亞莉亞時，他只是想把我當成誘餌罷了。

然而，現在大哥明確地開口說了。

和我合作。

「——我一個人扳不倒夏洛克。你一個人也沒辦法。可是，如果是兩個人……兩個爆發模式下的人一起上的話，還是有打倒他的可能性！」

武偵和武偵要搭檔時，需徵求**雙方的同意**。

這是武偵的一大原則，武偵法中也有明文記載。

現在大哥第一次信賴我，明白表示了**自己的意思**，想要和我共同奮戰。

——我想回報他……！

回報他的信賴。就算這個信賴是空前絕後。

如此心想的我，感覺到剛才如此畏縮的身體，冒出了新的力量。

安蓓麗奴號逐漸沉沒，馬上就到了可以讓我們跳到最近流冰的高度。

「出埃及記十四章二十一節：耶和華便用大東風，使海水一夜退去，水便分開，海就成了乾地——是嗎？」

就像大哥口中呢喃的聖經一節，伊・U看起來有如撥開海水後，出現在海洋上的廣大道路一樣。

對方正走過那條道路，要把亞莉亞帶走。

「……走吧，金次！先救亞莉亞——」

絕對不會捨棄夥伴的大哥，擺出要跳往流冰的動作。

「——然後逮捕夏洛克・福爾摩斯！跟我來！」

大哥吶喊完，以超人般的跳躍力飛了起來。

身後的佩特拉，哭喊著大哥的名字。而我也跟著縱身一跳。

使出爆發模式下的所有力量——！

大哥和我跳到通往伊・U的流冰上。

堆積的冰晶在我倆的腳邊，像在滑雪一樣捲了起來。

視線的另一頭，我看見夏洛克抱著亞莉亞走在甲板上的背影。

（夏洛克……！）

好遙遠。我們被拉開了一段距離。

周圍的鑽石冰塵颳得厲害，腳下已經化為一片銀白色的雪原。

……軋……軋……！

巨大的流冰群在腳邊相互碰撞，發出軋軋聲響。

這魔力的規模——太強大了吧。夏洛克・福爾摩斯……！

我手中握著瞬間就結霜的貝瑞塔，咬牙切齒。

「——不要怕，金次！這種冰雪只不過是馬戲團的把戲！」

大哥大喝一聲，感覺像是不允許我有絲毫的懦弱。

「我們手上有槍！全金屬被甲彈，會用秒速三百公尺的亞音速擊破目標——手槍才是人類製造出來的近戰最強武器。在這個世界上，能夠把手槍發揮到淋漓盡致的，就是爆發模式！」

大哥吶喊說，隨後像疾風般衝了出去。

眼前可見他胸前和背後流出的鮮血，一分一秒地增加。

（——大哥——！）

我揮去自身的懦弱，跟隨他的背影。我已經沒有雜念了。

我撥開鑽石冰塵，同時往前衝去！冰塵如同細小的刀刃，在我臉上和指間留下傷口。

（亞莉亞！）

衝過暴風雪，渡過流冰——

我和大哥來到了伊·U的黑色甲板上。

夏洛克抱著亞莉亞，正走向甲板上凸起的建築物——艦橋。

「——夏洛克！」

大哥吶喊完，槍口焰在他的前方——身體的正中央一閃。

「不可視子彈」——！

鏗鏘！

那顆子彈在夏洛克身後十公尺左右的距離，冒出火花彈了開來。

那是——「彈子戲法」！

夏洛克用了我們遠山兄弟的手槍技巧。

這一點我並不吃驚。大哥待過伊·U，夏洛克會用他的技巧自然可以想像。

可是，剛才的「彈子戲法」我完全看不見手槍。

也就是說，那傢伙用「不可視子彈」的技巧，使出了「彈子戲法」——這兩項技巧都需要極其高度的集中力，但他卻同時做到了。而且還是背對著我們。

厲害。不只是超能力，那傢伙的手槍技巧……也在我們之上嗎？

——可是！可是我不會害怕！我們這邊是兩個人。

不要小看爆發模式——！

「金次！」

「——我知道！」

我們兄弟的默契，不需要言語。

大哥要我做什麼，我已經心領神會了。

一陣閃光和槍聲，大哥放出的第二顆子彈瞄準夏洛克飛去。

子彈在他身後，又冒出火花反彈回來時——

（——這招怎麼樣！）

我的貝瑞塔噴出烈火，把那顆子彈**再次彈向**夏洛克。

子彈在空中劃出N字型——

鏗鏘！

第三度在空中迸出火花。

他、他擋住了……子彈的路線變成了**M字型**……！

夏洛克半轉身體，回頭對一臉愕然的我微笑。

接著，他微微舉起抱著亞莉亞的右手，「嘖嘖嘖」地左右擺動食指。

「──！」

我的腦中，冒出一股無名火。

幾乎在同一時間，大哥的身前「砰砰砰砰」地出現了四道閃光。

這次是「不可視子彈」四連擊！

大哥接著空中裝彈，把預先灑在半空中的六顆子彈裝入左輪內，同時六連射。

然後又拿出藏在身上的另一把和柯爾特・和平製造者，再次六連射。

可說是神乎其技的「不可視子彈」十六連射，同時襲向夏洛克。

然而──鏗鏘鏗鏘鏗鏘！

所有的子彈都在空中冒出火花和金屬聲。

子彈全被擋了下來──被同樣是十六連射的「彈子戲法」！

「嗚喔喔喔喔！」

爆發模式下的反射神經，讓我比思考還要更早一步換上了長彈匣。

接著我用切換成全自動的貝瑞塔，和大哥一起反彈飛散在半空中的無數子彈。

我不只使出「彈子戲法」，還交互用了新的技巧「鏡擊」，瞄準他開槍的火光，將子彈彈往他的槍口。然而，全數的攻擊都被他一招一招擋了下來。

——彈子戲法、彈子戲法、鏡擊、彈子戲法！

眼看在伊・U的甲板上，三十二發、六十四發——超過一百發的手槍彈激烈衝突，無數的火花朝三次元逐漸擴大。

要命名的話，這叫作「乘方彈幕戰」！

是人類史上第一次，利用「子彈彼此彈跳」的射擊對抗戰。

我們在這段時間，更進一步跑過鐵製甲板，朝夏洛克奔馳而去。

敵人和我們的距離逐漸縮短。空中以乘方式逐漸增加的子彈。視覺上的處理時間，逐漸縮短到〇・〇一秒。一瞬間的大意真的會致命。

我的視野中，是子彈的颶風。而我們正身處暴風圈的正中央。

這是何等的戰鬥……！這就是伊・U——我們現在的所在地嗎。

狂怒爆發——這個超越爆發模式極限的能力，眼看就快抵達界限了。

亞莉亞在另一頭雙眼圓睜，看著這超人等級的槍戰，以及像阿修羅般的大哥。她是第一次見到男裝的大哥。

抱歉，亞莉亞。我一直沒把**大哥**的事情告訴妳。

不過，我事後再向妳道歉吧。

現在最重要的是——

（我要到妳的身邊！）

夏洛克似乎感受到我強硬的情感，只見他扭動身體縱身一跳，就躍上了七公尺高的艦橋。

我和大哥同時停止開槍。

因為夏洛克轉過身來，手中抱著亞莉亞朝向這裡。

現在開槍的話——會打中亞莉亞！

「——？」

接著夏洛克的舉動，讓我皺起了眉頭。

只見他輕輕挪動亞莉亞的雙手，讓她**塞住耳朵**。

隨後，他西裝的領帶發出撕裂聲響，襯衫的鈕扣接連彈開。

胸口就像氣球一樣，逐漸……膨脹……？

「——！」

那是！

德古拉伯爵弗拉德在橫濱讓我見識到的——「瓦拉幾亞的魔笛」！

呀啊啊啊啊嗚咿咿咿咿咿咿咿咿——！

夏洛克突然發出的咆哮讓雲朵四散分裂，也讓海面有如沸騰般冒出水泡。

這是……哪門子的衝擊！

這陣轟然巨響，攪亂了我全身的器官。我的肺部被擠壓，呼吸停止，五臟六腑就快從口中噴出。

千鈞一髮之際我摀住雙耳，壓低身體想要承受住這一擊。

聲音即是振動。沒有方法能夠逃離大氣的振動。

只能像這樣，塞住雙耳，閉上眼睛，咬緊牙根去承受它……！

他的目的是想解除我們的爆發模式吧。

怎麼能——讓你解除掉！

爆發模式——是這場戰鬥的救命繩！

……接著，我知道巨吼已經越過了高峰，開始減弱……我急忙確認自己的血液流向。

血液流向……很好……沒問題！爆發模式尚未解除。

這招我在弗拉德一戰中體驗過，因此來得及防禦。

夏洛克的「瓦拉幾亞的魔笛」——我熬過來了！

然而，我轉過頭注意到一件事情。

（……！）

大哥沒有摀住耳朵。

他雙耳出血，原地止步，指向夏洛克的手彎曲如鉤爪。

大哥沒有挨過「瓦拉幾亞的魔笛」。

所以他面對冷不防的一擊，無法採取任何防禦，刻意讓佩特拉治療到一半的穿胸槍傷，也再度鮮血直流。

而且——我知道。

大哥最後的**爆發模式，被解除了！**

「大……！」

我急忙轉身。

「金……金次！快閃開！」

大哥飛撲了過來，把我撞飛到一旁。

（——嗚？）

我瞪大雙眼的剎那間。

剛才我心臟所在的位置，也就是現在大哥心臟所在的位置——噗咻！

一顆子彈——

拖著一條血尾，穿了過去。

「……！」

大哥像被人撞倒般倒了下來，我拚死撐住他。

啊啊……！

大哥已經預測到了。

預測到我會因為他受傷而分神，最後被對方擊斃。

接著，失去爆發模式的大哥放棄用「彈子戲法」來防禦——而是犧牲自己，挺身保護了我……！

大哥的心臟再次被射穿，依然手拿和平製造者瞄準艦橋——

然而，夏洛克已不見人影。

「……金次……快追……！不要讓，那傢伙……逃到潛艦裡……！」

大哥借了我的肩膀，口中吐出紅黑色的血命令道。

「大哥……！我怎麼能丟下你……！」

大哥露出笑容，打斷了我的話。

「哼……居、居然會輪到你這小子來擔心我……我也老了啊……」

接著，他拿出藏在長髮內側的——兩發９ｍｍ子彈，遞給了我。

「在不會被『彈子戲法』擊落的戰鬥中，使用它……！」

從半月夾上取下、黑白雙色的子彈是——

（……武偵彈……！）

我是第一次見到，不過從刻印來看錯不了。D・A・L（Detective Armed Lethal）——通稱武偵彈。

所謂的武偵彈，就是蘊藏多種特殊功能的**強化彈**。由於只有子彈工匠才會製造，故量少價高，是一種只在超一流武偵之間流通的致命武器。

「金次，去吧——去戰鬥……！我們已經來到這裡，來到，這裡了……！」

大哥咳了一聲，喀血的同時抓住了我的衣袖。

「這可能，是我第一次對你提出不講理的要求……要你只拿一把貝瑞塔、一支蝴蝶刀去挑戰伊・U！可是，金次——人生有時候，會遇到超乎常理的戰鬥……！現在，就是那個時候！」

大哥半強硬地讓我正對伊・U的艦橋。

我依舊想轉頭，大哥似乎想激勵我……

「——不要回頭！」

咚！

用遠山家代代相傳的**最後秘招**——**頭錘**，撞我的頭替我加油打氣。

「金次……！不要再回頭了……！快去……！」

大哥命令說。

他命令我……打算把任務託付給我。

去吧！對，為了遵守大哥的命令。

「——要是死了，我就不用當你弟了！」

我聽見大哥輕輕一笑，回應了我的嘶吼。

「那麼金次，你永遠都是——我的弟弟。」

我爬上艦橋的側梯，衝進敞開的耐壓門，架起貝瑞塔跑下螺旋狀的樓梯。

伊．U——

這裡可說是它的正門。如劇場般寬敞的大廳，奪走了我的目光。

我的……天啊……

挑高的天花板上——恐怕是打通所有的甲板所建成的——有一盞巨大的水晶燈，照耀著磨亮的天然石地板。

地板上……聳立著暴龍、劍龍、三角龍、蛇頸龍等恐龍的全身骨骼化石。

周圍牆壁旁，一個直通天井的巨大木製柵欄中，排列著比人類還要巨大的巨硨磲蛤、海龜殼、儒艮、海豚、獅子、老虎、狼，以及許多我只有在圖鑑上看過的絕種動物標本。擺放的目的，大概是為了學術研究吧。

這是在潛艦內部嗎？

難以置信。光是這裡的裝飾品，都有一、兩百億的價值吧。

這裡宛如博物館或美術館……不對，這裡是宮殿。藍海魔宮。
（……？）
我下到大廳中，藏身在化石的腳邊，移動的同時皺起了眉頭。
沒有……半個人。伊・U的成員沒有出來迎擊。
這裡明明是他們的老巢。
不過，我沒時間去思考這種瑣碎的事情。沒人的話正合我意。
我再次環視大廳的牆壁——突然有一扇門自動開啟。
——要我放馬過來，是嗎？

亞莉亞在哪裡？
我跑下門後的螺旋樓梯，穿過擺列著水槽的黑暗房間，槽中放有活生生的腔棘魚和五顏六色的熱帶魚。在那之後，是一個太陽燈炫目的植物園。我跑過孔雀行走、鮮豔鳥兒交錯亂飛的植物園，又衝過了陳列著世界礦石——包含金、銀和寶石——的寬敞標本庫。
亞莉亞，在哪裡？
擺放著長布掛毯和皮革書的寬敞書庫、排列著黃金鋼琴和留聲機的音樂廳、收集了中世武器和甲冑的小展示廳、金條和各國紙幣堆積如山的金庫……我跑過了所有的房間。

然而，各種房間如此色彩繽紛——我卻有種一直在相同地方打轉的錯覺。我全力奔跑了好幾分鐘，已經氣喘如牛了。

亞莉亞——妳在哪裡！

最後我終於喘不過氣，單膝跪在一間鋪滿泥土的房間當中。

在這找不到出口的大廳內，我一籌莫展地環顧四周。

（………？）

這裡又是另一個奇妙的寬敞房間——

正面的牆壁上掛著幾幅巨大的油彩肖像畫。每幅畫的前方各有一個石碑、十字架或六芒星的立碑。

掛在最左邊的肖像畫，是穿著舊軍服的威武軍人，還能看見一旁的題字寫著：「大日本帝國海軍超人師團長　初代伊U潛水艦長　昭和拾玖年捌月」。右邊是一位戴著逆卍字徽章的德國軍人肖像。（註1）

肖像畫越往右越新，依序是非洲系的女性、坐輪椅的中國人、蓄鬍的雄壯阿拉伯人等各式各樣的人物。

這裡恐怕是……歷代伊・U艦長的**墓地**。

1　昭和拾玖年為西元一九四四年。

彷彿在證實我的想法般，夏洛克未完成的肖像畫——就裝飾在最右邊。

——原來如此。我稍微搞懂伊・U的來歷了。

伊・U最初是**為了戰爭**而創設的。目的是培訓超人士兵，戰勝敵國。

從肖像畫的日期來看，創設時間大概是在第二次世界大戰。初代和二代艦長是日本人和德國人……由此可見，這是軸心國的共同計畫。貞德曾說過伊・U的通用語是日文和德文，也是因為這層淵源吧。

伊・U在戰後，活用潛艦的特性展開逃亡生活——成了擁有獨自價值觀的秘密結社。他們改稱世代交替的軍團長為「教授」，並替換老舊的潛艦，現在——夏洛克主掌了該結社的大權。

這種……像戰爭亡靈一樣的組織……！

（怎麼可以讓亞莉亞被他們搶走！）

我雙腳使力再次站起。此時，夏洛克的肖像畫內側……發出了某種細微的聲音。

我爆發模式下的耳朵，聽聲感覺到畫的後方有空間。

我走向肖像畫，打開蝴蝶刀——「哧哧哧」地割開了油畫布。

在肩上的戰術手電筒照射下，我看見畫的另一頭……有一條秘道，和通往下方的電扶梯。

不為什麼，我就是知道。

我正在接近他們。

——接近亞莉亞和夏洛克……！

穿過秘道來到的地方……是一間教會。

伊・U內部有一棟大型聖堂。

大理石地板上所見之處，全都刻滿了拉丁文，裡頭沒有椅子。

從石柱和天井畫來看，這裡是——新歌德式天主教教堂吧。此一空間，會讓人美麗到瞬間失去自我。英國的主流應該是新教徒，不過就連現任艦長夏洛克，都會猶豫該不該改建吧。

這裡似乎在準備某種儀式。牆邊和側廊裝飾著白瓷壺，上頭插有鮮花，讓室內美上加美。整體氣氛毫無疑問地，飄散出神聖的氣息。

室內最深處，是此空間內唯一的光源……一面複雜的鑲嵌玻璃，高聳在前方。

而玻璃的下方——

「……亞莉亞！」

亞莉亞背對著我，雙膝跪地。

她的姿勢像在禱告懺悔，聽到我的聲音後轉頭站了起來。

「……金次！」

我朝著飄動粉金色雙馬尾的亞莉亞，跑了過去。

接著用雙手抓住她穿著制服的小小雙肩，把她拉了過來。

——太好了，她似乎沒受傷。

「你為什麼要來，金次……」

「我來還需要理由嗎？」

我倆的身高有差距，所以亞莉亞抬頭看著我說。我只回答她一句話，隨後便環視周圍。

卻不見夏洛克的身影。

「夏洛克……他是想要裝紳士嗎？居然放任妳這個人質跑來這裡。不過能碰頭正好。我們先走，然後重整——」

我說到一半，

亞莉亞往後退了一步。

「……怎麼了，亞莉亞。」

「你回去。」

……？

……回去……？

我眉頭深鎖，以為自己聽錯了。亞莉亞又退了一步——

「金次，你回去。現在的話，肯定還逃得掉。」

她把一隻手在胸前緩緩握住，並重複說道。

「什麼叫……你回去。那妳要怎麼辦？」

「我要留在這裡。以後……在這裡和曾爺爺一起生活。」

妳說……什麼？

要在伊・U和夏洛克一起生活？

「喂……！為什麼啊……！」

我邁出腳步想靠近亞莉亞——

亞莉亞更加往後退。

「……你大概不懂吧。不懂我現在的心情。」

那雙紅紫色的眼眸，終於明確露出拒絕的神色。

「因為我從來沒跟你說過……福爾摩斯家族的事。那個啊金次，貴族必須正確完成……一族應該達成的任務。不然，他的存在就不會被允許，會被當作**空氣**一樣對待。」

亞莉亞浮現出些許不正常的冷笑。

「福爾摩斯一族以卓越的推理能力自豪，而我是唯一沒有那種能力的人。所以大家都叫我缺陷品——把我當成笨蛋，除了媽媽以外大家都無視我的存在。你也多多少少注意到了吧？我……我一直被福爾摩斯一族當成**空氣**！從小時候開始！」

我聽著響徹教堂的尖銳聲……

回想起在第一學期剛開始，亞莉亞纏著我不放的時候，我曾經要理子調查她的來歷。

『亞莉亞似乎和「H」家的人處得不好。』

原來是指這個意思嗎？

福爾摩斯一族的缺陷品——亞莉亞。

「就算是這樣，我還是一直把曾爺爺當成心靈支柱。世間只讚揚他身為名偵探的一面，不過除此之外，他還是武偵的始祖。我想得到曾爺爺另一半的榮譽——所以才會成為武偵。」

亞莉亞退到快碰觸到身後的基督像，隨後按住了制服的胸前口袋。

似乎在示意收在那裡的武偵手冊——裡頭的夏洛克照片。

「對我來說，曾爺爺就像神一樣。你可以說他是我的信仰對象也無妨。他現在還活著……出現在我的面前。你懂我的心情嗎？曾爺爺認同我了！甚至稱呼我這個福爾摩斯一族的**缺陷品**為接班人！你……懂我這種心情嗎？你是不會懂的！」

從剛才……

亞莉亞在夏洛克的懷中沒有抵抗這點，我就已經有不祥的預感了……看來那個預感似乎是正確的。

我在內心咂嘴。

夏洛克・福爾摩斯是──亞莉亞的**英雄**，就像過去在我心目中的大哥一樣。

夏洛克的言行舉止，對亞莉亞來說全都是正確的。

她會聽從他所有的話語，接受他所做的一切。夏洛克就是這種絕對的存在──

可是……

可是啊，亞莉亞。

「亞莉亞，妳冷靜下來想一想。讓香苗女士蒙受不白之冤的就是伊・U喔。夏洛克是他們的首領。」

亞莉亞聽到母親的名字，表情一陣苦悶──

但還是吊起眉梢，瞪了過來。

「媽媽的事情……我也會解決。曾爺爺說要把伊・U交給我。這樣一來，媽媽也會得救。這裡有洗清媽媽冤罪的所有證據，為什麼伊・U會陷害媽媽──我留在這裡也是為了知道理由。這整件事情裡頭，肯定有非比尋常的理由……！」

「亞莉亞……妳這樣不是本末倒置嗎？伊・U是妳的敵人喔！現在妳居然想同流合汙──」

「不然你想要怎麼辦！」

亞莉亞露出犬齒尖聲大喊，像在示意整個伊・U一樣張開了雙手。

「你覺得你拚了命就有辦法把這艘伊・U帶回東京嗎？那是不可能的！**只要曾爺爺還是這艘船的首領！**」

「亞莉亞……！」

「到了這個時候我就先跟你說清楚。不要太小看夏洛克・福爾摩斯。曾爺爺不只是天才而已。他很強很厲害，是人類史上最厲害的人——就算你現在是另一個人格，也不可能贏得了他的。金次……你要明白……**你是辦不到的！**」

我對固執的亞莉亞，深深地一個眨眼。

……喔，是嗎？

夏洛克是絕對的存在。母親的事情也能獲得解決。

如果妳真的深信不疑，還說出那種話的話——

那我也要打開天窗說亮話了。

把我想法全部吐出來，一個不留……！

「**『辦不到』**、『好累』、『好麻煩』——和我碰面的第一天，亞莉亞妳說過這句話吧？」

「……？」

「妳說：『這三句話非常不好，會抹殺人類所擁有的無限可能。』」

「……」

「亞莉亞妳聽好，既然這樣我也跟妳說清楚。伊・U這群傢伙，不過是普通的海盜！妳曾爺爺活太久，痴呆了，才會跑來當他們的老大！」

面對我的大吼，

「……不准……汙辱我的曾爺爺……！」

亞莉亞緊閉雙眼，似乎已經到達了極限。

啊啊——情況和當時完全相反了呢，亞莉亞。

跟上個月，我護著把妳打得半死的加奈——和妳吵架的時候。

「身為一個武偵，我不會放過伊・U的……！」

「你、你不要到現在——才擺出武偵的架子！」

亞莉亞顫抖著圓睜的紅紫色眼眸和細長的睫毛，任由憤怒嘶喊回嘴。

「你之前明明就很討厭當武偵！還說不想當武偵了！夠了，你快回去——武偵你就別幹了！你之前看過我背上的傷痕吧？那是我在十三歲的時候，被不明人士射中的槍傷！

肯定是因為有人憎恨身為武偵的福爾摩斯一族，所以挾怨報復——那時候的子彈跑到了動手術也拿不出的位置，現在還在我的體內！武偵會讓家庭和小孩遭遇到危險—

——是世界上最危險的工作！

所以金次，你快回去，不要當什麼武偵了……把我忘了吧……。我只要這樣就好，這樣就好……！」

熱淚從亞莉亞的眼中奪眶而出——

而我只是直直地凝視著她。

「……就照妳說的，我不想幹武偵了。」

「……」

「可是現在我還是武偵，雖然這非我所願，我和妳都是武偵，而且是夥伴。對武偵來說，夥伴的錯就是自己的錯。我不能看見妳倒戈，然後乖乖地回去。」

如果是普通的爆發模式……

我大概不會對流淚的亞莉亞，說出這種會把她逼急的話吧。

這可能是……狂怒爆發的攻擊性血液，所帶來的影響（大哥曾經警告過我）。

「——我已經不需要夥伴了！」

亞莉亞的娃娃聲響徹聖堂。

「你明明——一直都不想當我的夥伴！事到如今你還說什麼！幹麼硬是要把我當成你的夥伴……！」

「以前妳也逼過我，要我當妳的夥伴吧。」

我不讓步。我知道自己越是被她拒絕——

體內狂怒爆發的鮮血就越濃烈。

一種猙獰的感情，自我腹部深處湧出。對象是亞莉亞。

「——武偵之間要結夥行動時，需要徵求雙方的同意。可是現在我們沒有那樣，所以——我現在要得到妳的同意。就算使出渾身解數。」

「……你說……渾身解數？你使出渾身解數……想把我怎麼樣？」

「**搶回來**。」

「……！」

「妳的夥伴是我，不是夏洛克。所以我要把妳搶回來。」

或許是怒火攻心吧，亞莉亞漲紅了臉——

「……我……早就有預感，會變成，這樣了。」

她柳眉倒豎，把雙手伸到制服的短裙處。

「……所以，我才打算說服你。因為我不想傷害你。」

「哈！別開玩笑了，亞莉亞。妳是以我會敗在妳手上為前提嗎？」

我對亞莉亞露出笑容。

「看來這一點，我有必要教育妳一下——**矮冬瓜**。在妳待在伊・U變成超人之前。」

我做出嘆氣的樣子……

一邊試著控制狂怒的血流，不讓它完全集中在身體的中心。以免接下來的任何狀況，對亞莉亞造成不必要的傷害。

接著，我覺得自己的控制……似乎很順利。或許是第一次的關係，狂怒之血帶著某種迷惘……這次我似乎有辦法壓抑它，壓抑到一半左右。

「——你、你叫我矮冬瓜……？你汙辱了我。已經，沒辦法回頭了喔。」

「我不會回頭的。」

啊啊——亞莉亞。

假如我們是普通高中的男女生，這場架八成只動口就會結束了吧。

可是，武偵高中的學生不一樣。

還會有**後續發展**。

「這次我真的，會在你身上開洞。」

「別看扁人。要開洞的人是我。」

——啊啊！**太不正常了**。

我也把手伸向貝瑞塔，同時在心中呢喃。

實在不正常到會令人生厭啊，武偵高中。

我們的吵架，會用到手槍。

我和亞莉亞之間也沒有例外。最近我們有點混熟了，讓我差點忘記我們初次見面時……也是這個樣子。當初在「武偵殺手」的腳踏車劫持後，妳在體育倉庫把我當成嫌犯——冷不防就朝我開槍。

話說回來，這還真是諷刺啊。

當時是妳追著我跑；現在則是我在追尋妳的蹤跡。

「——這是我第二次和你交手對吧。」

亞莉亞似乎也想起同一件事，朝我瞪了過來。

「那個時候我逃走了；今天我可不會走。」

我也瞪了回去。

武偵憲章第一條：同伴之間要互信互助——嗎？

這句話也很諷刺，我在和夥伴內鬨後……才第一次了解到它真正的涵義。

所謂的夥伴，如果只是聽從對方的話，那彼此的關係就不成立。

當夥伴快要誤入歧途時，你必須制止他，就算是用武力。

而那個時候，偶爾會受到對方的武力反擊。

「妳先拔槍吧，亞莉亞。」

——亞莉亞。

我要保護妳。

為了保護妳而打倒妳。

這種保護方式，是存在的。

「你先拔。」

「女士優先。拔吧。」

語畢——

——砰砰！

亞莉亞毫不介意地掀起裙襬，以肉眼無法捕捉的速度開槍了！

她的小手中，握著方才我在安蓓麗奴號上拿給她的雙槍。

白銀和漆黑的 Government。

「——！」

我把貝瑞塔切換到二連射模式，以「彈子戲法」應戰。

Government 的點四五ＡＣＰ彈，動能優於貝瑞塔的９ｍｍ帕拉貝倫彈。

我估計子彈會被對方壓著打，無法用手槍破壞技「鏡擊」一口氣分出勝負。因此第一發我用「彈子戲法」，彈開作防禦。

子彈在我倆之間朝四方彈飛，打落了裝飾在室內的花朵。

——叮！

在飛舞的花瓣中，亞莉亞起跑了。

中距離的手槍戰中最有利的方式，就是讓對方的慣用手朝外側張開。如同此理論，左右開弓的亞莉亞朝我的右側——慣用手的方向跑開。

亞莉亞蹬地一個側空翻，在頭下腳上的狀態下開槍擾亂我。

我跳開躲避子彈，一個前滾受身後伸出槍口想反擊——

然而，亞莉亞落地後立刻滑壘開槍，更進一步快舉雙腳，以背部滑地並射擊。

在迴避的同時發動攻勢——亞莉亞的動作完全是自我流，十分不合常理。

我完全摸不清楚她接下來會從哪開槍。

這樣太難打了——情況糟透了。

然而……我看著亞莉亞在飛散的花瓣中奔馳，發覺到一件事情。

有樣東西可以讓我預測她的動作。

——頭髮。

那對飄揚的雙馬尾，追尋亞莉亞的動作在空中描繪出線條，有如新體操選手所用的緞帶。

多虧如此，我能夠讀出亞莉亞的運動模式。

剛才我有聽到，那是夏洛克指定子孫用的髮型。曾爺爺啊，你為什麼要故意指定那種不利於戰鬥的髮型，是你的興趣嗎？

亞莉亞繞了聖堂一周並發動攻勢。而能夠讀出她動作的我，反擊的精準度逐漸提升。我也看見亞莉亞的表情上，混雜著「被看穿了嗎？」的神色。

接著，我的子彈總算開始掠過Government。

我看穿妳的動作了，亞莉亞。

很抱歉，爆發模式果然是天下無雙。分出勝負只是時間的問題吧。

亞莉亞背對玻璃鑲嵌，終於放棄奔跑，開始和我對射。

我的子彈被她華麗的單手後空翻給閃過，打壞了部分的玻璃鑲嵌。

亞莉亞一味地防守，依舊不停移動。我的槍口追著她接連發出閃光。

啪！啪！鑲嵌玻璃接連被打破。

接著，亞莉亞躲到大理石祭壇的後方……沉寂了下來。

「──實在太可惜了，金次。」

聽到她的娃娃聲……

我才注意到。

周圍染成了一片火紅色。

因為照明的顏色改變了。就在不知不覺之間。

（鑲嵌玻璃──）

我猛然看向五顏六色的玻璃……

上頭只留著紅色，其他的部分全被我的子彈打破了。

亞莉亞剛才亂竄的同時，誘導了我射擊的方向，為的是讓玻璃變成這樣。

——大事不妙——

我咋舌的瞬間，咁！

亞莉亞從祭壇後方橫向跳出，再次往我的右邊移動。

然而，我的肉眼卻無法立刻追上她。

紅光成了她雙馬尾的保護色，讓我想捕捉也沒轍。

頭髮是看得見沒錯，不過沒有剛才那般鮮明。

再加上，一直都是曲線移動的亞莉亞——突然一個L字迴轉，一直線地朝我撲了過來。

慘了——！

（亞魯・卡達！）

亞莉亞。

妳不愧是S級武偵。不僅在戰鬥中製造出利於自己的環境，又讓我的感覺錯亂，最後還使出了自己最得心應手的零距離戰鬥。

我連如此佩服的時間都沒有，和亞莉亞兩人——

砰！砰砰！

在一口氣縮短的距離下，彼此開槍射擊。

亞魯・卡達是手槍的格鬥技巧。是一種以穿著防彈衣為前提，同時併用手腳的打擊技和零距離射擊的格鬥戰。

我們同時扭動身體，像跳舞般躲過第一發子彈——

一口氣接近到手腕能彼此交錯的距離。

亞莉亞用手肘彈開我的手臂，我也用掌底彈開她的手，讓彼此的槍口偏離自己。手槍被隔開後依舊放出了槍口焰，互鬥的身影如同光之短劍。

只有一把貝瑞塔的我，面對雙槍高手——

（……嘖……！）

明明還是爆發模式，卻開始被壓著打。

我立刻用左手打開蝴蝶刀擴展防禦範圍；不過看來這也只是臨陣磨槍罷了。

「——金次！為什麼！」

亞莉亞原地一個單腳後空翻，朝我的下顎踢了過來。

我上半身後仰迴避，扣帶鞋的腳尖掠過了我的鼻尖。

持槍單手著地的亞莉亞，以手為軸迴轉身體，順勢朝我的頭部使勁一個二連踢。

「金次！為什麼你要瞧不起我！」

我的腳步踉蹌。而亞莉亞在落地瞬間又衝了上來，用嬌小的肩膀撞擊我的右肩，以其為支點一個轉身——

讓張開的雙腳擺盪如鐘擺，側翻跳到了我的身後。

如梔子花般的體香，混雜在煙硝味中。

亞莉亞的體香，讓我的心頭第一次──湧出一種無法言語的恐懼感。

──雙劍雙槍的亞莉亞──

她的戰鬥方式是何等輕快且立體。

「──！」

後方被人攻占的我，轉頭驚見亞莉亞的雙手水平交叉──

槍口已經對準了我。

而她的手指，正打算扣下扳機。

我的反擊──

（──來不及！）

爆發模式下的反射神經，憑直覺領悟到這件事。

如果對方只是**把槍伸向我**，那我應該還趕得上──

但是扣下扳機開槍前的短暫時間，不夠我做出反應。

該怎麼辦？

要是挨下兩發大口徑子彈，我肯定會陷入戰鬥不能吧。

不過那可不成。我在這個瞬間，要**以不開槍的方式**──

想出對策！

「——！」

——咔！

我們的中間，發出了如此聲響。

亞莉亞……沒有開槍。

不，是無法開槍。

因為……

我把貝瑞塔的槍口，抵在白銀 Government 的槍口上。

漆黑 Government 的槍口處，則是插著我的小刀刀尖。

不管哪邊開槍——亞莉亞都會損壞自己的槍。哎呀！這點我也一樣就是了。

情況變成這樣，我們兩人都動彈不得。

這用將棋或西洋棋來說，這個狀況就相當於「千日手」。雙方都無法出下一招。就算是過了一千天。（註2）

換句話說，就是不分勝負。

此一狀況下，我必須盡早對應。我將右手沉重的貝瑞塔往左；左手輕巧的蝴蝶刀更加往右伸出。

我的雙手交叉成十字，亞莉亞也同樣如此。我們兩人四手描繪出兩個X型，靜止不

2　將棋為日式象棋。千日手是其中的術語，意指不斷重複同樣局面的僵持狀態。

動。

「為什麼……你要瞧不起我?金次。」

亞莉亞眼球上轉，瞪視著我。

「你的子彈——剛才一直瞄準我的槍……!」

她的表情就像受到侮辱。我對她露出苦笑。

沒錯——我設法控制了狂怒，剛才幾乎只是爆發模式……對女性實在無法做出粗魯的舉動。

如果是為了女性好，要我在爆發模式下戰鬥也行——但是，我會盡可能不去傷害到女性，就算自己受到傷害。

到頭來，我就是這種男人啊。

所以，我在這裡採取的下一個動作——

應該是這樣吧。

我把手指——從貝瑞塔的扳機上挪開。

「……?」

亞莉亞看見我的手指離開扳機，皺起了眉頭。

「妳開槍吧。」

接著我放下貝瑞塔的槍口，和左手的蝴蝶刀。

暴露在外的 Government 槍口，再次對準了我。

「已經夠了。妳要開槍就開槍吧，看要打頭還是哪裡都好。」

我鏗鏘兩聲，把雙手的武器丟在腳邊。

這或許是——

「這場戰鬥我們平手。我不管是對口還是動手，都沒辦法把妳搶回來。所以，我沒轍了。妳將會變成不法之徒的一份子，原本是武偵的神崎・H・亞莉亞……就要消失了。」

這或許是一種溫柔吧。

「而且，武偵憲章第一條：『同伴之間要互信**互助**』。無法**幫助**妳的我，也違反了武偵憲章。也就是說，我沒資格當武偵。我和妳的隊伍，已經全滅了，就在這一刻。」

這或許是為了女性願意捨棄一切事物的爆發模式……驅使我這麼做的一種過度的溫柔吧。

不過——這樣就好。

「開槍吧，亞莉亞。反正我也無處可逃。與其被那群不法之徒殺死，倒不如死在妳手上。」

「你、你不會被殺的……對……你也待在這裡，和我們一起……」

「別再繼續說下去了，亞莉亞。我不打算變成犯罪者的一份子。我可不想到了那個世界，被代代身為『正義夥伴』的狂熱祖先們痛扁一頓啊。」

這樣就好，亞莉亞。

「這樣就好，亞莉亞。我們這樣強迫對方走他不想走的路，實在沒完沒了。所以只好讓其中一方消失。我說什麼——都沒辦法開槍打妳，不過……我不能把理由告訴妳。」

我這句話是為了隱瞞爆發模式一事。

亞莉亞不知做何解釋，臉上又再度泛紅。

「所以妳開槍吧。殺了我之後，妳愛怎麼樣就怎麼樣。不過……希望妳有一天可以想起，曾經有一個武偵用盡全心全力，想把妳帶回去。然後，妳要回去，離開這個不法之徒的世界，回歸以往的日常生活——武偵高中。」

我字字深情地說完，亞莉亞的五官扭曲。彷彿剛才的一言一語，刺痛了她的胸口。

接著，那雙紅紫色的眼眸，再次浮現出炙熱的眼淚。

不要這樣，亞莉亞。

不要讓我看到妳……哭泣的模樣。

那會動搖我的決心。

「——開槍吧，亞莉亞！」

聽見我的嘶喊——

亞莉亞的槍口一陣抽動。

「……為什麼……」

隨後，心碎般的眼淚——從眼中奪眶而出。

「為什麼你要……說出那種……我做不到的事情……！」

她把雙槍從我身上移開，緊抱在自己胸前。

「我沒辦法，把槍口對準曾爺爺……！」

亞莉亞落淚，有如任性的孩子般左右搖頭——

「可是，我也沒辦法對你……對自己的夥伴開槍，我做不到……！」

她夾在血親和夥伴之間，似乎真的不知該如何是好……

只見她抬起臉龐，好幾次試著強忍哭聲——

……嗚啊啊！

到頭來還是哭了出來，衝進我的懷中——

不久前槍口所指的地方。

「亞莉亞……」

我輕輕抱住她。

暫時維持這個姿勢……抱緊了她。

直到那嬌小的背停止顫抖。

「……亞莉亞，有一件事我要坦白告訴妳。」
我向著她綁著雙馬尾的頭說完，亞莉亞抬起了哭泣的臉龐。
「先前——有人命令我『殺了妳』，那個人是加奈。」
「……………！」
「目的是為了殲滅伊・U。剛才妳看到了吧。其實加奈是我大哥……加奈就像是他另一個人格。大哥是我唯一的家人。那個時候的我，也夾在血親和夥伴之間，傷心難過，就跟現在的妳一樣。」
我用手指拭去沿著亞莉亞臉頰滑落的淚水，接著說道：
「以前我也覺得大哥像神一樣，因為他總是正直且強悍。我曾經因為無法贏過大哥，而感到絕望無助。可是——我還有其他的道路。我沿著那條路，中途不惜把槍口對準大哥……所以現在，我人在這裡——在妳的身旁。」
最後一句話是多餘的吧，我心想。
是爆發模式讓我在無意中脫口而出。
可是那句話，對亞莉亞似乎有很強的影響力。
「……你選擇了我，不是加奈……」
現在她滿臉通紅。
或許是因為我抱住她的關係，平常就有紅臉癖的她，現在不僅是面紅耳赤，紅暈甚至隱約擴散到她握在胸前的雙手。

她不會全身上下到腳尖都染成粉紅色吧。

「……金次選、選擇了我……而不是血脈相連的親人嗎……？」

她至今強烈拒絕的表情，漸漸消失——

變回平常……那張嬌小可愛的臉蛋。

「不、不行嗎？」

我些許挪開視線說完，亞莉亞左右搖頭。

接著一臉不安地抬頭看我。

一位像人偶般美麗的少女，超近距離抬頭看我——就、就算是我也會害臊啊。

「可是，你不會再相信我了。我……背叛了金次，拿槍指著你。」

「妳拿槍指著我是家常便飯吧。」

我為了掩飾自己的害臊，半開玩笑地說完，亞莉亞她……

沉默了。

她一語不發，只是淚眼汪汪，柔弱地看著我。

幹麼啊……妳、妳是要我……開口說點什麼嗎？

女生這種生物，在這種時候實在太奸詐了。

「……回來吧。」

「……！」

「我……那個，會永遠相信妳。我之前說過吧，我這輩子都相信亞莉亞。」

我重複了某次順勢說出口的一句話後——

亞莉亞緊緊按住自己的左胸。

她像電爐一樣滿臉紅通，彷彿快聽見她的心跳聲。

話說，我真的聽見撲通撲通的聲音了。

需要小鹿亂撞到這種程度嗎？

不對，這是我的心跳聲。為什麼我會聽得到？真是擾人耳目。

「況……況且，要是和夥伴內鬨害我的成績再被扣分，那我可傷腦筋了。」

稍微害臊起來的我，從左右兩旁抓住亞莉亞的嬌小肩膀，稍微把她推開。

「接下來……就看妳自己相不相信自己了。至少剛才的妳不相信妳自己，所以——

我才會阻止妳。」

「相信，自己……」

「聽好，亞莉亞。妳的母親——香苗女士一定會得救。可是剛才妳想走的是錯誤的道路，香苗女士絕對不會希望妳那麼做吧。」

再次提到她的母親似乎有點奸詐，可是在這裡需要給她致命一擊。

我如此心想，而這句話——

對亞莉亞來說，確實成了最關鍵的一句話。

我知道凜然的使命感，又回到她那張可愛的臉蛋上。

「妳剛才說加入伊・U就能解決問題，那是錯的。妳只是選擇了簡單的道路在逃避。不要再逃避了。剛才我也說過了，我們無處可逃。眼前只有一條路可行，就是逮捕夏洛克，壓制伊・U。這才是武偵的做法吧。」

「可是……金次，可是我……沒辦法用槍，指著曾爺爺……」

「沒關係，亞莉亞。我也經歷過加奈的事情，所以可以體會妳的心情。妳不用把槍口對準夏洛克。」

畢竟她如此尊重對方，也沒辦法好好和他戰鬥吧。

「……金次……」

「——我想到一個方法，可以毫髮無傷地逮捕他。可是……那需要妳的幫助，所以，只要一點微薄的力量就好。妳能助我一臂之力嗎？」

我確認般說完，接著在心中以爆發模式為藉口——

開口叮嚀說：

「我，需要妳。」

而亞莉亞……

表情慌亂，像被施了魔法一樣。

她剎那間茫然自失，幾乎全身僵硬——

隨後微微、生硬……但確實地……

點頭回應了我。

穿甲彈２　序曲的終止線

在那之後，據性情驟變——變得順從的亞莉亞所言……

夏洛克吩咐亞莉亞留在聖堂後，就消失在深處的門扉中。

我倆穿過深處的門後，前方有一面鋼鐵隔層……亞莉亞站在前方，好幾片隔層就像自動門般，朝上下、左右、斜方逐漸開啟。

通路的地板就像排水溝一樣，變成了耐蝕鋼材製成的鐵格；左右的牆壁上頭，電子面板的運轉燈不停閃爍……開始帶有近未來的氣氛了。

接著，一扇畫有輻射警告標示的厚重隔牆，無預警地打開了……

出現在門後的光景，讓我和亞莉亞啞口無語。

眼前是至今我所看過最寬敞的大廳，深處聳立了幾根巨大的柱子，就像歷史教科書上看到的巴特農神殿。

不對，那不是柱子。

是ＩＣＢＭ（Intercontinental Ballistic Missile）。

能夠從世界各角落發射，並攻擊任意地點的洲際彈道飛彈，出現在眼前的是它的上層。

下層則收納在耐蝕鋼地板下的深洞中。

數量為八具。

我不想去思考……可是隨著彈頭的性質……這些飛彈可以在一天之內，毀滅世界上任何一個大國。

（來真的嗎……！）

我自認曾經歷過幾種大場面，但現在看到這幅光景都不免寒毛直豎。

「這是怎麼回事……」

亞莉亞在一旁開口說。她感到驚訝的地方似乎和我不同。

「……？」

我轉頭一看，亞莉亞正東張西望地環顧室內。

接著再次看著我的臉，紅紫色的眼眸張得斗大。

「……這個地方我有看過……！」

亞莉亞莫名其妙的一句話，讓我眉頭深鎖。

接二連三的驚訝，讓她精神錯亂了嗎——我如此懷疑，但似乎不是如此。

亞莉亞的視線，不像是精神錯亂的人。只是感到驚訝罷了。

「妳冷靜下來，亞莉亞。那是不可能的，這叫作既視感。」

「不是，我是真的……有看過。而且……我曾經在這裡看過你……！」

「……那不可能，至少我沒來過這種地方。」

我如此下結論後——

突然聽見了帶有吱吱雜音的……音樂聲？

音量逐漸提升後，我聽出那是歌劇……莫札特的〈魔笛〉。

「音樂的世界中有一種平靜的調和，以及甜美的陶醉。」

隨著沉著的聲音，在高聳如柱的ICBM後方……

世界最頂尖、最強的名偵探：夏洛克・福爾摩斯現身了。

「我們不斷重複戰爭這種渾沌，而音樂則描繪出一種美麗的對照。在這張唱片結束時——戰火也會平息吧。」

夏洛克把裝有喇叭的留聲機放在腳邊，吭啷吭啷！

踏響了耐蝕鋼地板，朝我們的方向走了幾步。

「哈哈！你們的表情好像在說：『終於到了解謎篇了』啊。不過，你們太性急了。因為我只是一個符號——『序曲的終止線』罷了。」

「序曲……？」

「對。這場戰鬥是你們兩位所演奏的協奏曲——**當中的序曲罷了**。我這句話的意思，你們很快就會明白吧。對了，話說回來。」

夏洛克改變話題，拿出一個舊式菸斗，並用火柴點火。

「分化內鬥——加奈想要對伊・U用的陷阱，滋味怎麼樣啊？」

我和亞莉亞聽到這句話後，側眼相望。

看來剛才設計我們槍戰的人，似乎就是夏洛克。

哎呀，我早就有這種感覺了……可是他的企圖是什麼？

假如他的企圖是消耗我們的子彈，那我們已經中計了。

剛才我確認過，亞莉亞的點四五ACP彈只剩下不到幾發。

我的情況更嚴重，盡可能帶來的常規子彈……在歷經佩特拉戰、乘方彈幕戰以及亞魯・卡達後，手邊只剩下一發而已。

「曾爺爺……」

亞莉亞鼓起勇氣，邁出一步——

朝夏洛克走去。

「我、我……我很尊敬曾爺爺。所以，我沒辦法用手上的槍指著你。**除非是你命令我**。」

亞莉亞措詞客氣，說完把自己的槍放在腳邊。兩把都是。

「或許就像你預期的一樣……剛才我用這兩把槍，想要擊退反抗你的夥伴。可是，我沒辦法阻止他。」

亞莉亞把手放到自己的胸前，小聲——但清楚地接著說。

「因為他是我好不容易才找到的，世界獨一無二的夥伴。曾爺爺，請你原諒我。

我……想幫助他。這表示……我會將與你為敵。請你原諒我。」

亞莉亞如此宣言完……

「沒關係的，亞莉亞。」

夏洛克不知為何，露出了滿足的笑容。

「——現在妳的內心，已經跨越了我這個存在。甚至決定為了一位特別的男性和我敵對。這表示在妳心中，金次的存在已經大於我。不過，這兩種愛的份量似乎只有微薄的差距啊。」

夏洛克口中的話，聽起來是我和亞莉亞不太擅長的領域，不過……

「你們還小，可是是一對男女。女人是我最不擅長的領域——不過真要說的話，女性就算受到男性無情的對待，也不會徹底憎恨他。即使事態演變成需要刀刃相向也一樣。如同一句諺語：『After a storm comes a calm』（註3）所言——你們經歷戰鬥後，又更加團結了吧。」

看來……

他讓我們分化內鬥，似乎不是一種以消耗我方子彈為目的的權宜之計。

3　After a storm comes a calm在這裡可譯為否極泰來、不打不相識。

而是有一種更難以理解且複雜的企圖。

我摸不透他真正的企圖……不過有件事情我倒是弄懂了。

「——簡單來說，你是想說所有的事情，都照著自己的**推理**走就對了？夏洛克。」

我瞪著夏洛克。而一旁的亞莉亞不知為何面紅耳赤，僵立在原地。

「哈哈！這種只是**初級**的推理，金次。」

夏洛克嘲笑道，表情像是把我們玩弄於股掌之間。

「那這一點，你也推理到了嗎？」

我瞬間拔出貝瑞塔。

並用槍口抵住亞莉亞的側頭部。

——一切就照剛才和亞莉亞商量的一樣。

「………」

夏洛克他……

一語不發，重新叼好了菸斗。

「金次，你是打算把她當成人質嗎？」

我槍口不動，繞到亞莉亞身後。

「夏洛克，你的目標是亞莉亞吧。而且，我聽大哥說過。亞莉亞如果死了——伊・U就會發生內鬨。」

「可是，你不會開槍。」

「我先告訴你，我現在已經自暴自棄了。」

我說話的同時，從亞莉亞的雙馬尾和耳朵間的縫隙，窺視夏洛克的**方向**。

很好。

他現在朝著這裡。

沒錯，我自己也知道。這種策略比騙小孩的把戲還不如，他不會因此而讓步。

我假裝以亞莉亞為人質……目的不過是為了讓他**注視著我們**。

「對了，夏洛克。我有一個禮物要送你。」

我稍微加大聲音，讓對方更注意我的方向。

「——是我大哥送你的！」

我嘶吼完，手指一彈！

丟出一顆白色的子彈。

——閃光手槍彈。

那是大哥託付給我的武偵彈之一。

是一種能夠投擲使用的，奪目**閃光彈**——！

咚！

子彈在我倆和夏洛克的中間，化成一顆小太陽。
對方是世界最強的名偵探：夏洛克・福爾摩斯。
正面交鋒是沒有勝算的吧。
所以，我要讓他無力反擊。
這顆子彈外型袖珍，但威力卻和一般的閃光彈沒兩樣——不，是更勝一籌。
直視這道閃光的人，幾分鐘內一定會暫時失明，毫無例外！
「金次……趁、趁現在！」
我以手遮眼，聽到一陣娃娃聲後，抬起頭一看……
亞莉亞身體僵直，蹲在原地。
「亞、亞莉亞……！妳——沒有遮住眼睛嗎？」
「你可以躲在我身後……可是如果我遮住眼睛，曾爺爺就會發現我們的意圖！」
亞莉亞轉頭，雙眼看著半空中，而不是我。
——她失明了，雖然是暫時性的。
「金次，快點逮捕曾爺爺！我剛才看到了，曾爺爺直視了閃光彈！」
聽到她的喊叫聲，
我拿著從亞莉亞那裡借來的超偵用手銬……正打算衝出去時，雙腳停了下來。
不得不停下來。

因為夏洛克一臉無所謂地站在那裡。

「嗯，這次算是有動頭腦了。假裝抓人質，其實是用閃光彈的戰術嗎？可是，你們的推理似乎不足。」

夏洛克不慌不忙的語調，讓我一陣愕然。

沒有用……嗎？

這是為什麼？

「——**因為我是個盲人**。從六十年前左右，差點被人毒殺之後。」

「……！」

「可是，沒有人知道這一點。因為我在人前的舉止就像眼睛看得見一樣，而且實際上，我比依賴視覺的你們，還要更明白自己的周圍發生了什麼事。剛失明的時候是推理能力救了我，現在我靠聲音和氣流就能明白一切。例如現在你的心跳因為驚訝而加快——我也瞭如指掌。」

被、擺了、一道……

一切都白費了。

立下的策略、大哥給我的武偵彈、亞莉亞的犧牲……一切都！

「……嗚……！」

有某樣東西，在我體內應聲斷裂。

彷彿有一片黑雲，在我體內湧現──

我知道至今壓抑的狂怒爆發之血，正逐漸變濃。

逐步縮小的視野宛如指向性雷達，漸漸往夏洛克身上集中。

──喔，是嗎。

你是歷史上的大人物、穿越時空的名偵探，小把戲對你是行不通的嗎。

「金次……快逃！我會說服曾爺爺的……！」

「──妳以為他會聽嗎？亞莉亞妳退到一邊去。」

我走到亞莉亞面前。一邊解放狂怒爆發的凶暴血液。

解放？不，不對。

是滿溢出來才對，這已經和我的意識無關了。

「夏洛克。」

「怎麼？」

「就在這裡分個高下吧。」

「分什麼高下？」

「偵探和武偵──到底哪一個比較強。」

我右手拔出貝瑞塔，雙腳與肩同寬。

站在亞莉亞前方，彷彿想阻擋夏洛克一樣。

亞莉亞，妳自願失去視力——讓我的心情稍微輕鬆了一點。

因為妳不會看到自己尊敬的人，被我痛扁一頓的模樣。

「……金次，我活了一百五十年以上，在世界各地打倒了許多凶惡且強韌的怪人們。而你只是一個在這和平的島國上，生活了十七年的孩子。未成氣候的你——現在想跟我決鬥嗎？」

我左手也打開蝴蝶刀，瞪視著夏洛克。

「對。在偉大的名偵探大人眼中，我是真的不成氣候吧。而且我在武偵當中也是一個E級的吊車尾。可是……我可沒有爛到，會放過對自己夥伴出手的傢伙不管。」

「亞莉亞有那麼重要嗎？不，這一點很好。」

夏洛克露出調侃的表情，一邊脫下外套。

「我以強者的身分警告你，你卻不接受。你明白我說的話嗎？」

唱片的歌劇〈魔笛〉成了背景音樂——

夏洛克拿起手上的粗金屬手杖。

那不是……手槍。

「這樣好嗎？不用槍。以我的個性，對老人家也不會大意喔。」

我說完檢查彈匣，確認裡頭有9mm帕拉貝倫彈——

以及大哥給我的黑色武偵彈後，重新把它裝回貝瑞塔中。

我可不會客氣。

「手槍接下來我只會用一次。而我已經推理到，那發子彈極為重要，將會替我的『緋色研究』畫下句點。」

「『緋色研究』？我不懂那是什麼鬼東西……竟敢狗眼看人低。你是說像我這種程度的貨色，一開始只要用那根手杖就能擺平了嗎？」

「來吧。照你說的，決鬥不需要敬老精神。你不用客氣。」

客氣的人是你吧。

不過，你晚點用槍正合我意。

不僅如此，這還是千載難逢的好機會。

「你不用擔心，夏洛克，我是武偵。武偵的任務是──狩獵不法之徒。」

語畢，我用貝瑞塔瞄準夏洛克。

「──我要貫徹任務！」

砰！

第一發子彈逼近夏洛克──鏗一聲！

夏洛克一臉理所當然，伸出拐杖擋住了它。

伴隨著金屬聲，撞到拐杖前端的子彈飛往天花板。

「夏洛克！」

緊接著，我射出第二發——大哥給我的黑色子彈。
夏洛克再次用拐杖擋住子彈時，只見他瞬間眉頭一皺。

——砰隆隆隆！

最後的武偵彈——
爆裂彈的鮮紅火焰，照亮了室內。
「——！」
我雙手遮臉，防止衝擊波帶來傷害。
亞莉亞在我身後，小小驚叫了一聲。
……好……好猛……！
我還是第一次用這種東西。
威力簡直就跟以前在強襲科看過的RPG——反坦克火箭筒一樣！
而夏洛克……正面中招了。
他無法從我這個資料來源身上，推測出這股威力。
因為**我自己**也不知道，這顆武偵彈會有如此的威力。
所以他才不知道，自己會因這一擊而斃命。

神探夏洛克。

太過依賴推理，似乎成了你的敗因。

（實在……簡單過頭了。）

我從和亞莉亞交手時弄破的口中，「呸」地吐了一口血，並嘆息。

夏洛克・福爾摩斯是稀世名偵探。我很想相信，這種人物不會因為這點小事而喪命……可是照情況來看，我可能犯了大忌，打破第九條的規定。

我如此心想，想要觀察夏洛克的狀況時——

「——！」

一種——

如觸電般的惡寒，竄過了我全身。

在瀰漫的煙霧當中……

——他在那裡。

而且……和初次見面時一樣，不對，其壓倒性的存在感更上一層樓。

（這、這是怎麼回事……！）

那種感覺……那種氣息……

那是**爆發模式**……！

「——到此為止只是『複習』喔，金次。」

白色沉重的煙霧伴隨著某種噴射音，自飛彈庫的深處飄了過來。

爆裂彈產生的黑煙，被白煙沖了開來。

站在黑白煙霧漩渦中的夏洛克——錯不了。

他進入了，進入爆發模式。

他是怎麼做到的。

哎呀，從他剛才的「複習」兩字，我也能推敲出來。假設夏洛克和德古拉伯爵弗拉德一樣，拷貝了爆發模式的基因，我也不會感到不可思議。

可是他是怎麼**進入**的！在這種狀況下！

我在心中大喊，腦海中閃過剛才大哥的模樣。

（垂死爆發。）

瀕臨死亡之際的爆發模式。

……原來如此……！

他的外表雖然看不出來——不過，他其實已經行將就木。

打從一開始，他就已經瀕臨死亡。

我的武偵彈成了壓死駱駝的最後一根稻草，使中彈的他完全覺醒了。我們遠山家男性遺傳的爆發模式——的衍生型。

「接下來……接下來我會讓你們『預習』，日後可能會交手的強敵們所用的技巧。

因為在這裡，人們都用我過去仇敵的名字──『教授』來稱呼我。」

夏洛克脫下被武偵彈弄破的夾克和襯衫。

露出的上半身，是驚人的結實體格。

那不是弗拉德那種笨重、隆起的肌肉，而是超一流的運動員所練就出來的，結實完美肉體。上頭還布滿了舊傷。

……嘶嘶……嘶嘶嘶！

我們的腳下振動了。

仔細一看，夏洛克身後──巨大如柱的ＩＣＢＭ，其下層的火箭噴射口開始噴出白煙。

感覺好像隨時都會發射，不過那似乎只是發射前的準備。

這下子好像不妙了。

我如此心想──

──嘴角卻露出了笑容，任憑鐵格下方流入的熱風，吹亂我的瀏海。

模樣有如武偵業界俗稱的狂戰士──不怕死的魯莽武偵。

對手是夏洛克・福爾摩斯。他很明顯是至今最強的敵人，甚至連卯足全力的大哥都敗下了陣來。他現在更進入了爆發模式，我根本沒有勝算。

假如我現在是普通的爆發模式，可以冷靜判斷情勢的話，我應該會暫時撤退吧。

可是，現在我體內是濃烈的狂怒之血。

比較敵我戰力之類的道理，似乎都無所謂了。

現在我只想戰鬥，和他一對一單挑。

然後痛扁他一頓，讓他搞清楚。

不准再對我的夥伴出手……！

——啪鏗！

夏洛克在白煙前方，把半裂的手杖砸在地板上，發出有如工業機器般的聲音。

手杖粉碎後——一把刀自裡頭現身。

微彎的刀刃寒光一閃，讓人一看就知道此刀大有來頭。

我曾在強襲科的副教材上看過。它的劍刃經過長時間使用而變窄，但那接近直刀的形狀……八成是薩克遜刀（scramasax）。

那是一種歐洲製的強韌單刃劍，活躍於西元四到十一世紀。以日本刀來說，恰好是古刀時代。（註4）

「……真是一把，好刀。」

「——你不要問它的銘刻比較好。這是從女王陛下那裡借來的大英帝國珍寶。而且

4　日本刀依時代不同，分為直刀（亦稱上古刀）、古刀、新刀和現代刀。古刀時代是西元806～1572年，也就是九到十六世紀。這樣和薩克遜刀的時代搭不起來。可能是作者筆誤？

反抗這把刀，日後你們一族恐怕會受到指責非難。」

「我對它的名字沒興趣，反正大概就是聖劍Excalibur或諸神黃昏Ragnarok之類的東西吧。」

我胡謅了兩把遊戲中出現過的名劍後……

夏洛克些許驚訝地揚起了眉毛。

彷彿在說：你怎麼會知道？

「哈哈！好厲害的推理能力。你有成為名偵探的素質，我向你保證。」

「……其實你也挺隨便的嘛。」

子彈用盡的我，刷一聲打開了蝴蝶刀。

ＩＣＢＭ的噴射火焰從下側照射，室內的亮度逐漸增加。

「好像沒什麼時間了。一分鐘內分出勝負吧。」

夏洛克踏越腳邊流動的炙熱白煙，走了過來。

「正好，我也打算這樣。」

我也朝夏洛克走去。

接著，當我倆接近到五公尺左右的距離後——

同時蹬地起跑，展開激戰。

刀和匕首交鋒發出了尖銳聲響，火花四射，緊接著啪滋一聲！

我被一顆突然出現在眼前的雷球撞飛，往正後方滾去。

雷嗎……！

不過，這早在我預料之中。

就在他說出「預習」兩字的時候。我以狂怒爆發的反射神經後跳，但身體已經麻痺了。

可是我還能再戰——！當我雙手撐地像彈簧般跳起時，周圍除了煙霧外，不知不覺多了層濃霧。

「——？」

緊接而來的是一道衝擊，有樣東西輕而易舉地貫穿了我的右肩。銳利的疼痛使我壓住傷口——剛才這一擊不是手槍。

傷口……沾濕了？

那恐怕是水。一支高壓的水箭矢，射穿了我的肩膀。

除了雷，你還會用霧和水嗎？

夏洛克，你乾脆不要當偵探，去開馬戲團好了。

我在心中臭罵，接著又有樣東西，咻一聲劃過我的腳邊。

我原以為自己利用爆發模式閃過了，卻有一道劇痛竄過了我的右腳。

我向前撲倒同時按住脛骨，上頭有一道宛如被細刃割開的傷口。

——剛才的斬擊沒有重量感。就像鎌鼬一樣。是操控風的技巧嗎？

受到雷擊、視線被霧氣遮蔽、手腳被水和風打傷而動作遲緩的我……

踉蹌地……起身時——

——刷！

夏洛克撥開霧氣衝了過來，手上如寶石般閃爍的薩克遜刀一揮！

刀尖朝我的左胸逼近。

——鏗鏘！

我設法用小刀擋住，刀身冒出劇烈火花。

然而，他的單刃劍似乎是特殊金屬製成，比外觀更有重量。

「——！」

我的小刀被彈開，刀柄撞上了我胸口，整個人就像被車撞到一樣朝正側方飛開。

接著我衝散煙霧和濃霧，整個人猛撞在鋼鐵的牆壁上。

我抑住衝上喉嚨的血液——但還是咳出了血來。這、這還真難受，看來肋骨被打斷了。

因衝擊而扭曲的視野中，夏洛克追擊而至。

他單手持刀平刺，目標依舊是我的左胸！

「！」

我在千鈞一髮之際躲開！

——嘶吖！

我的防彈防刃背心就像紙片一樣，被洋刀給貫穿。

「金次！」

亞莉亞驚叫。

我……逞強地露出笑容，告訴她我沒事。

夏洛克的劍——

貫穿了我防彈背心的腋下，深深刺入了後方的牆壁。

如果我不是狂怒爆發，絕對躲不開這位西洋劍高手——而且還是爆發模式下——的突刺，讓刀刺往我的腋下吧。

我知道刀刃正貼著自己的側腹，算是九死一生。

連同防彈背心一起被縫在牆壁上的我，

「仔細想想，這件背心對你根本沒用！」

一口氣脫下防彈背心。

緊接著，我小刀上揮——

但夏洛克卻把我的拳頭當成踏臺，高高一個後空翻。

接著身輕如燕，

彷彿沒有體重般，在離我數公尺遠的地方華麗落地。

他的刀……還刺在牆壁上，被他捨棄了。

他能夠瞬間就做出棄刀的判斷——果然不簡單。

換成是我大概會去猶豫是否抽刀，然後在那瞬間被割斷喉嚨吧。

——O zitt're nicht, mein lieber sohn（喔！吾子啊，不用恐懼）……！

此時室內播放的莫札特〈魔曲〉……

——獨唱曲——

奢侈地發出了堪稱一絕的顫音，進入了華麗的女高音獨唱部分。

「你是……怎麼辦到的？」

表情僵硬的人，是夏洛克。

「我原本打算在這部歌劇進入獨唱曲之前——把你擊倒的。你卻撐下來了，戰鬥的時間比我推理的還要長。恐怕是超越HSS的反射神經，讓我的推理：『條理預知』陷入錯亂的吧。」

……原來。

夏洛克知道基本爆發和垂死爆發，卻不知道狂怒爆發。

「換句話說，這是我有生以來第一次推理錯誤。你，是一個值得讚許的男人。」
「我可沒厲害到……能夠被你認同。」
我聳肩說著，一邊在失去武器的夏洛克面前——
「我只是一個高中生。讀的是一間偏差值有點低，又很亂來的學校。」
伸手一轉……
鏗鏘！
收起了掌中的蝴蝶刀。
「……你為什麼要收起武器？」
「——你剛才有等我吧。」
剛才我在霧中，中了高壓水槍和鎌鼬倒在地上時——
你有很多機會可以取我性命。
可是……在我起身之前，你都沒有發動攻勢。
你剛才有等我吧。等我站起來。
「這樣，我們兩不相欠。」
冷靜想想，我沒有立場可以故作輕鬆。
但我現在因為狂怒之血而變得很強勢，而不想欠敵人人情也是我的真心話。
我把收起的小刀放入口袋後，夏洛克雙頰泛紅，似乎有些害臊。

咦？

那副表情我好像在哪看過。

……啊啊！

那跟亞莉亞好像。

和被我調侃時的——亞莉亞。

我如此心想，感覺嘴角些許莞爾。

「你聽了會否定，不過我還是要重複一遍。你是一個了不起的男子漢。能夠讓我有這種心情，是繼萊辛巴赫之後呢。」

「這是莫札特，不是巴哈吧。」（註5）

我聽著播放的獨唱曲回答完，夏洛克噗哧一笑。

幹什麼。

我說了什麼有趣的話嗎？並沒有吧。

看來……就像我的發言偶爾會逗亞莉亞發笑一樣，我似乎在莫名其妙的地方點中了他的笑穴。

「金次。我在戰鬥中說這種話可能不合時宜——不過我很欣賞你。我要對你公平競

5　萊辛巴赫為瀑布名，位於瑞士。原作中福爾摩斯和宿敵莫里亞提教授在此決一死戰，最後雙雙墜落瀑布。日文中，萊辛巴赫的尾音和巴哈相同。

爭的精神表示敬意，我也很想赤手空拳和你較量，打場拳擊之類的……不過很抱歉，這個獨唱曲，是最後的課程——『緋色研究』開始的鐘聲。紳士必須要守時才行。」

（……緋色研究……？）

這再次出現的謎樣話語，讓我皺起了眉頭。

相較之下，夏洛克則靜靜閉上雙眼……周圍開始模糊地……

……那、那是……什麼東西……？

——發出光芒。

我沒看錯，他的身體**開始發光了**。

夏洛克正在解放某種能力。

眼看光芒逐漸增強。

接著——漸漸變成了……緋色……

「我能夠統率伊・U，就是因為這個能力。」

那包覆住夏洛克的光芒，就如同一種氣息。

而我——曾經看過那道光芒。

亞莉亞在和佩特拉一戰時，也曾發出緋色的光芒。

這兩者……幾乎是同樣的現象。

「可是，我不會隨便使出這股力量。因為『緋色研究』——緋彈的研究尚未完成啊。」

夏洛克說話的同時，終於拔出了手槍——亞當斯1872・Mk3。過去大英帝國陸軍使用的，四五口徑雙動式手槍。

「……你也會用……那種『緋彈』嗎？」

「你說的恐怕是另一種不同的現象吧。亞莉亞之前用指尖射出的光球——那並不是緋彈。以古代倭語來說，那叫作：『緋天・緋陽門』，只不過是一種利用緋彈所發出的現象罷了。」

夏洛克說話的同時，從彈匣中喀嚓一聲。取出了裡頭唯一一發子彈。

「這才是『緋彈』。」

那彈頭似血、似火、似薔薇，呈現緋色。

「這顆子彈才是緋彈。不對，形狀是什麼都不重要。這在日本被稱為緋緋色金……重點是，它是一種金屬。峰・理子・羅蘋4世的十字架你還記得吧，那也是一種緋金合金，含有極少量和這個子彈同族異種的金屬。緋金這種物質……能賦予人類超乎常理的極大能力，讓超能力相較之下都形同兒戲。換句話說，它是『超常世界的核物質』。」

我聽他說完，想起理子的藍色十字架。

這麼說來，理子只有手上有那個十字架時，才能讓頭髮像手一樣移動。

從那個現象和夏洛克的話來推測——那個十字架和現在夏洛克手上的緋色子彈，似乎都是一種會讓凡人變成強大超能力者的麻煩金屬。

……可是，畏縮在我身後的亞莉亞，手上可沒有那種東西啊。

那她為什麼——能射出那道緋色光芒。

「——世界現在處於一種新的戰爭之中。緋金的存在，以及其能力正逐漸明朗……它的研究在極其秘密的情況下，正在進行著。就像我的『緋色研究』一樣。

擁有緋金的結社不只是伊·U而已。亞洲大陸北方的『烏魯斯』、香港的『幫幣』，在我的祖國英國，世界最有名的**那個結社**也已經展開了行動。就像梵蒂岡在私底下會支援和監視義大利的非官方機構一樣，在國家的支援和監視下所進行的緋金研究多得不勝枚舉。美國有白宮做後盾，而日本則有宮內廳在支援你高中的星伽——沒事，我好像稍微說溜嘴了。

而像我這樣擁有高純度、高質量緋金的人們，雖然都覬覦對方的緋金——但彼此都因為那過於超常的力量，而無法出手。」

夏洛克說完，將緋色的子彈重新裝入手槍中，

「不過，我等一下才會用這顆子彈——現在，我再讓你看一樣東西。」

他接著伸出右手食指，指向這裡。

「是這個吧？你所看到的現象。」

包覆在夏洛克身上的緋色光芒，這回……逐漸朝指尖擊中。

那像一顆旺盛燃燒的太陽……！

（一……一模一樣……！和那個時候……！）

這也和亞莉亞用光彈射擊佩特拉時一模一樣。

夏洛克也會用那個——有如艦砲射擊的招式嗎？

慘了……！

大事不妙！

「……金次……怎麼回事……發生了什麼事……？」

亞莉亞直盯著前方，眼睛似乎還看不清楚。

我姑且移動發抖的雙腳，站到能夠保護亞莉亞不受夏洛克傷害的位置。

可是……佩特拉一戰中，亞莉亞放出的那道光所擁有的破壞力，能夠令巨大金字塔的上層消失殆盡。我以這個連防彈背心都沒穿的身體為盾，就跟想用一片餅乾來擋子彈一樣毫無意義吧。

更倒楣的是——我感覺到狂怒爆發的血流，正逐漸恢復成普通的爆發模式。正如大哥所言，狂怒之血很不穩定……會像海浪般潮起潮落。

我和亞莉亞對戰時相反，想要用自己的意識喚回狂怒之血——可是卻沒辦法。

因為狂怒之血能夠克制，卻無法加以引出。

我咕嚕一聲吞了口口水。而在我身後——

「……？」

出現了……

另一道緋色的光芒。

我轉頭一看，這次是亞莉亞的身體在發光。

「亞莉亞……！」

光芒在我的眼前，逐漸集中到亞莉亞的右手食指上——

大小雖不及夏洛克，不過綻放出的光芒，就等於另一顆太陽似的。

「這……這是……什麼……」

亞莉亞面向自己的右手，似乎能辨別光的亮度。

「亞莉亞，那是『共鳴現象』。擁有高質量緋金的人之間，其中一方覺醒後，就會像共鳴的音叉一樣，讓另一方也跟著覺醒。此時，使用緋金所發出的現象也會共鳴。就像現在我和妳的食指在發光一樣。」

夏洛克說話的同時——

一邊將儲藏了緋色之光的手指，瞄準我們。

「亞莉亞。我會用這顆光彈：『緋天』來攻擊你們。據我所知，能夠阻止這光彈的方法只有一種，就是同樣用『緋天』來互擊。我雖然沒有實驗過，不過日本的古文書中……曾經發生過雙方的緋天在衝擊下靜止，之後產生一種名為『曆鏡』的現象。」

「曾……爺爺……？」

視覺尚未恢復的亞莉亞，一副不知該如何是好的樣子。

「剛才……妳說除非是我命令妳，不然妳不會對我開槍對吧。既然這樣——我現在命令妳吧——攻擊我——用那道光。」

「……攻擊，曾爺爺……」

亞莉亞一片混亂，但還是能感受到一股緊張的氣氛吧。

她的額頭滲出汗水，臉上逐漸充滿緊張感。

「沒錯。內心要平靜沉著，不要讓緋彈奪去自己的心智，想像著把力量集中、維持在指尖。金次……你去當亞莉亞的眼睛。」

「誰、誰會相信你說的啊。你不會出手的。亞莉亞是你的——」

「我先告訴你，我現在已經自暴自棄了。」

夏洛克變成我的聲音——八成是用理子的變聲術——重複我剛才說過的話。

接著，夏洛克對我一個眨眼。曾幾何時，我曾在亞莉亞身上看過相同的動作。

我沉默了幾秒，陷入思考。

要是被那道光打中，我們就會像被新幹線撞到一樣粉身碎骨吧。

照亞莉亞那次的經驗來看，以這個距離要躲開他射出的光彈——「緋天」是很困難的。不對，只有我的話姑且不論，雙眼失明的亞莉亞絕對躲不開。

我很難想像夏洛克會殺死亞莉亞，可是照現狀來看……

等於是窮途末路了。

「這所有的一切，我實在是……搞不清楚。哎呀！雖然都是一些我不想懂的事情啦。」

我不得已吐出這麼一句話……

「我只知道一件事。簡單來說，你現在喊將軍了，而我們還有一步棋可以走，眼前的情況就是這樣吧，夏洛克。」

「標準答案，金次。希望你可以用ＨＳＳ的卓越理解力和狀況判斷能力，在未來繼續——幫助亞莉亞。」

你要是真這麼想，就不要把ＨＳＳ這個字隨便說出口。

要是被亞莉亞察覺爆發模式的事情，那會很不妙吧。

我如此心想，嘴角扭成了「ㄟ」字型……同時握住亞莉亞的手。

「……金、金次……？」

「——我照我的方式，幫妳說明一下現在的狀況。現在夏洛克……用戰艦的主砲對準了我們。這不完全是一種比喻。那傢伙的超能力，威力真的媲美艦砲。然後，亞莉亞，妳也……我不知道為什麼，妳好像也有相同的能力——就在這根手指上。」

我輕抓住亞莉亞的手，讓手對準夏洛克。

「亞莉亞……大概是，這樣吧。」

我觸摸發光的指尖，讓她的食指伸直……手指並不炙熱。

她的視力尚未完全恢復，無法瞄準目標。

於是，我從後方像抱住她一樣，用雙手輕輕支撐住她的右手。

目標是，夏洛克的指尖。

那道，緋色之光……！

「金次……」

亞莉亞心生膽怯，想轉向我。

「不要緊的。妳和佩特拉戰鬥時，曾經在無意識中用過這股力量。」

我說完，用雙手緊握住她顫抖的右手。

「再來……我可能幫不上什麼忙……不過我會跟著妳的。不管發生什麼事情，我都會陪妳走到最後。」

我如此說完……亞莉亞的顫抖似乎稍微平靜了。

小小手指上聚集的光芒，逐漸增強，大小變得和夏洛克一樣。

夏洛克看到這幅景象後，在緋色之光的另一頭——露出了微笑。

「妳找到了一個好夥伴呢，亞莉亞。」

宛如一位老師看到學生考試及格似的。

「就像過去我身邊有華生一樣，福爾摩斯家的人都需要夥伴。在人生的盡頭……能夠親眼看見你們互相扶持的模樣，我真的……」

夏洛克把食指更加往前一伸，

「——很幸福。」

——砰……！

放出了光芒。

亞莉亞的光芒宛如與之呼應，也應聲離開了指尖。

「……！」

兩道光在我們與夏洛克之間互撞……接下來，在空中靜止了。

空間靜謐到令人不寒而慄。

接著，逐漸……

融合了。

「——我已經推理到自己的死期。」

夏洛克的聲音，從光的另一頭傳了過來。

「不管再怎麼延命，都只能撐到二〇〇九年的——今天。所以在死期來臨之前，我必須讓某一位子孫繼承『緋彈』。因為研究『緋彈』原本是女王陛下的皇命。」

增強的緋彈光芒中，我抱住了亞莉亞的頭，以免她眼睛的狀況惡化。

然而……

一時之間增強的兩道光，馬上就像彼此相抵般急速收縮。

「但是，我在之後的研究中發現到……要繼承緋彈有三個困難的條件。其一，能夠讓緋彈覺醒的**人格**有限。繼承人必須熱情且自尊心高，性格上似乎要有一點孩子氣才行……雖然我不認為自己是那種人，可是福爾摩斯一族並不是如此。所以我必須一直等待符合條件的子孫出現。而最後出現的人——亞莉亞，就是妳。

第二個條件……為了兩位今後的關係，細節我先保留下來……我只說一點，要讓緋彈覺醒，亞莉亞身為一個女性，心理方面必須要有所**成長**。」

如此述說的夏洛克眼前，原本是緋色的光球逐漸透明化。

「第三個條件——繼承人要讓能力覺醒，最少要和緋彈**三年**與共，就像孵蛋的鳥兒一樣，片刻不離身——」

兩道光慢慢融合，改變形狀……

……逐漸變成了一個直徑兩公尺左右、像透鏡一樣的東西。

「這看似簡單，其實最不容易。因為緋彈受到其他緋金持有者的覬覦，只有覺醒者能夠保護它。

所以，覺醒的我，一直保有緋彈到今天。

今天開始，則換覺醒的亞莉亞來保有緋彈。

為了讓這個狀況成立，我要保有緋彈一直到**今天**，還必須**在三年前把它交給妳**。這對我來說，是人生中最大的難題之一。不過，能夠幫我解決這道難題的——也是緋彈。」

我視線中的夏洛克，身形逐漸模糊。

飄浮在半空中的光透鏡，似乎浮現出某種東西。

一個……類似影像的東西。

透鏡中出現的——不對，那不是影像。

出現在透鏡當中的，是一個擁有實體的東西。

某種，人形物體……

「金次……發生了什麼事……那是……誰……？」

亞莉亞皺眉看著透鏡，視力似乎稍微恢復了。

不過，我完全無法回答。

因為透鏡內的東西……

讓我啞口無言。

「就是這個……！日本古文書上記載的『曆鏡』——**時空透鏡**。親眼看見實物我也是第一次。」

夏洛克略帶興奮的聲音，幾乎傳不進我的耳朵中。

透鏡內的東西，就是讓我如此愕然。

因為裡頭的人——

那是……！

（——**亞莉亞**——？）

現在除了我懷中的亞莉亞之外，還有另一個亞莉亞出現在那裡！

可是……那個亞莉亞的頭髮顏色不同。

她閃耀的雙馬尾不是粉金色，而是類似金色系的亞麻色。

眼睛的顏色也不同。她不是紅紫色，而是藍寶石般的碧眼。

可是，她確實是亞莉亞。長時間當她夥伴的我知道。那個動作和表情，除了亞莉亞之外誰也不是……！

那位穿著露背白色夏季洋裝的亞莉亞，似乎在和透鏡範圍外的某人聊天，表情愉快。她完全沒注意到我們。

「亞莉亞，妳十三歲的時候——在母親的生日派對上，曾經被人開槍打中過吧。」

夏洛克的這句話，讓我驚覺到。
亞莉亞現在也很嬌小，外表上沒什麼變化。
可是，我就是知道。
透鏡中的亞莉亞，就是比現在我身旁的亞莉亞還要孩子氣。
這實在很難相信……不過她恐怕是……
過去的**亞莉亞**……！
「沒……沒錯，我被某人開槍打過。可是，那和現在有什麼……」
亞莉亞朝夏洛克聲音傳來的方向，回答說。
「——開槍射妳的人是我。」
「！」
我知道手中的亞莉亞，因驚訝而全身僵硬。
「不對，我是現在才要開槍。這兩種說法都正確。」
夏洛克說完，喀嚓！
扣下了左手手槍——亞當斯１８７２・Ｍｋ３的擊鐵。
「利用緋彈的力量，甚至可以打開通往過去的門。我**現在要讓三年前的妳**，來繼承緋彈。」
夏洛克——穿越時空的男人，把左手的槍朝向透鏡中的亞莉亞。

面對超出想像的發展，我已經……完全搞不懂自己的眼前發生了什麼事。

但我還是本能地——

「住……住手——！」

起跑了！

為了阻止夏洛克。

為了不讓他攻擊那位亞莉亞。

我朝著過去亞莉亞所存在的透鏡，開始奔跑。

「沒什麼，你不用擔心。我也是一個神槍手。」

夏洛克說。透鏡中的亞莉亞還沒注意到他，毫無防備。

「亞莉亞！」

我知道這樣做毫無意義，但我卻無法不嘶吼。

「亞莉亞！快躲開！」

她似乎——

聽到了我的聲音。

透鏡中的的亞莉亞，湛藍色的眼眸圓睜。

接著……面向這裡，和我四目相接。

裸露在外的背部，正向著夏洛克。

『我曾經在這裡看過你。』

亞莉亞剛進這間收納庫時說的話，閃過我的腦中——

砰——！

周圍傳來一陣乾澀的聲響。

夏洛克瞄準了透鏡中的亞莉亞，朝她的背部左側開槍……

過去的亞莉亞近距離被「緋彈」擊中，露出驚愕的表情倒下——

隨後和透鏡一起淡化……

就像畫面淡出的電影一樣，逐漸消失。

「……！」

我朝亞莉亞伸出的手撲空，往前倒在鋼鐵的地板上。

啊啊……

原來……所以亞莉亞她——

才會用那個緋色之光嗎？

亞莉亞說……十三歲中槍時的子彈，現在還留在體內。

那是夏洛克利用緋彈之力，打開了通往過去的門，在此刻射入的……

——「緋彈」……！

「亞莉亞，有兩件事情我要先告訴妳。是關於緋彈的副作用。緋彈有延長壽命的功用，會延緩持有者的身體成長。妳在那之後，體格沒什麼改變吧。還有照文獻上所說的，如果把緋金埋入成長期的人體中——身體的顏色似乎會改變。膚色不至於起變化，不過頭髮和眼眸會逐漸接近緋色，就跟——現在的妳一樣。」

夏洛克的聲音彷彿在上課般……

我無法保護過去的亞莉亞，只有倒在地上聽他說話的份。

「以上，我『緋色研究』的相關課程到此結束。關於緋彈我能夠解釋的……只有這些。」

夏洛克看著亞莉亞的方向……似乎因為失去了延命作用的緋彈，一口氣老了好幾歲。

「金……金次……金次？你不要緊吧！」

亞莉亞揉著眼睛，東倒西歪地朝我跑了過來。

她來到我身旁，以為我身負槍傷。看來她的視力稍微恢復了。她差點就看見過去的自己被子彈擊中，不過幸好她沒看見。

看她的表情，還搞不清楚剛才發生了什麼事。

「亞莉亞，金次。『緋彈的研究』……就由你們繼承了。緋金持有人之間的戰鬥，目前還在互相牽制的階段，暫時會持續膠著狀態吧。不過這場戰爭之後會正式開始，你們可能會慢慢被捲入其中。到時候請你們設法繼續保護緋彈，不受惡意人士的侵害——**為了這個世界**。」

夏洛克說話的語氣，有如要結束課程的老師。

我抬頭……瞪著他。

你說……**世界**？

快住口。

別再——別再說那些沒用的屁話了。

不要再玩弄亞莉亞的命運了！

「**開什麼玩笑**……！」

我在夏洛克面前站了起來。他現在看起來已經像三十五歲左右，和教科書上的照片差不多。

此時，我體內那烏黑的——狂怒爆發之血，再次繞巡身體。

「夏洛克，你……打算害亞莉亞捲入那種危險的戰爭當中嗎？害自己血脈相連的曾孫……！」

大哥曾經說過。狂怒爆發會在通常的爆發模式中，對自己以外的男性加入衝動性的憤怒或憎惡等負面情感。

原來如此，現在我就是那種心情。

我絕對無法原諒他，原諒這個把亞莉亞當成道具使用，和玩弄其命運的男人！

「金次，你還不懂亞莉亞在這個世界的重要性。就像一個世紀前世界需要我一樣，亞莉亞是這個時代的世界，不可或缺的重要人物。」

「——不對！」

我像亞莉亞一樣露出犬齒，斷言說。

——這裡我敢斷言。

「這傢伙只是一個普通的高中生！這一點我很清楚……！」

我用手把亞莉亞推開，讓她往後退。

「就算她體內有什麼，都是一個普通的高中生！一個會對夾娃娃機入迷、吃個桃饅掉滿地、看電視笑得跟傻子一樣的……普通高中生！不懂的人是你——夏洛克！」

「你不想承認的心情，我不是不了解。因為你是她的夥伴。可是，金次，就算這個世界上沒有惡魔，也有許多像惡魔爪牙一樣的人類。這個廣大的世界中，有一些邪惡到你無法想像的人物，想要把緋金——」

「老子對世界沒興趣！誰鳥你是邪惡還是正義啊！」

我半帶倔強地大喊完——

夏洛克沉默不語，靜靜地閉上雙眼。

接著……

「——那就是，世界的選擇嗎……」

他如此呢喃，背對了我們。

彷彿自己已經是一個局外人。

「……既然這樣，你就平靜地度過一生吧。你也可以做這種選擇。貫徹你自己的想法，一直保護亞莉亞——平安無事地把緋彈交給下一個世代的繼承人。這全都由你們作主。而那想法將會得到認同吧。

因為你們已經夠堅強了。

聽好了，金次。要貫徹自己的想法，必須先變強才行。沒有力量的想法，會被有力量的想法排除。所以我為了趕工加強你們的『實力』，才會利用伊・U的成員，用的是一種叫作武力急增的手法，讓你們階段性地和勉強可以戰勝的對象交手。」

……夏洛克……

這所有的一切……！

一切的一切，都是**你策劃的嗎**……！

我咬牙切齒，再次瞪著他。

狂怒爆發的血液，終於行遍了我全身上下。

接下來會發生什麼事情，我都不管了。

現在我都無所謂了。

「……武偵憲章第三條：『要有實力。不過在那之前，必須先走在正道上。』」

「……？」

「沒有實力，想法就不會得到認可，這點沒錯。可是，如果不走在正道上，就**無法貫徹**自己的想法，這是武偵的規矩。你做的事情正好相反。你想要用天才的頭腦和強大的力量，把亞莉亞捲入你自私的想法當中。」

「——你說的或許沒錯吧。可是，我成功了。」

「我是想告訴你，我不會讓你得逞的。」

「既然如此，就像我剛才說的一樣——你就這麼做吧。」

夏洛克留下了一句像在打禪機的話語，咯吱咯喳地拔出插在牆壁上的劍，隨後手握著劍，「答答答」地跨出腳步。

往不停噴著白煙的一具ＩＣＢＭ走去。

彷彿在等待這一刻似地，收納庫天井的發射口打開了。

從發射口中——

可以看見天空。

「站住！你以為這樣就結束了嗎？面向我。」

益發增強的噴射火焰和外頭流入庫內的空氣，使得氣流逐漸不穩——

我身在其中，喊住了夏洛克。

「怎麼？」

夏洛克頭也不回地說，聲音比剛才稍微低沉了些。

「我生氣了。」

鏗鏘！

我在手掌中，打開了蝴蝶刀。

「不管理由是什麼，你對亞莉亞開槍了。從背後對自己的曾孫開槍了。」

「沒錯。可是那又如何，你是贏不了我的。」

「贏不了吧，不過我可以還你一槍。武偵是很重情義的。**夥伴被你打了一槍，我還你一槍**是規矩。」

「你以為你辦得到嗎？」

「辦得到。『櫻花』——是絕對無法躲開的一擊。」

「……有些東西，連我都無法推理出來呢。看來你那不合邏輯的行動，是因為那個間接原因吧。」

「你在說什麼？」

「年輕男女的戀心。」

——嗚……！

我不想去想，身後的亞莉亞現在是什麼表情——

又再次拔腿起跑。

魯莽地。

我手上沒半顆子彈，身體也遍體鱗傷。

可是，我一定要給對方一擊。

我只要想著這一點……揮動手上的小刀吧！

（這個距離的話——我做得到……！）

自損技：「櫻花」，我只有熟慮過它的用法。就像散落的櫻花無法再次回到枝葉上，這招以不分勝負為目標的招式——只要一出招就沒有後路。

夏洛克是推理之神。要打倒他，只能使出這招連大哥——更別說是夏洛克——都不知道的隱藏絕招吧。

我先以最快的速度衝向敵人，時速提升到三十六公里。

「——這片櫻花吹雪，如果你有辦法讓它散落的話！」

爆發模式下的反射神經，讓我能夠發出的瞬間爆發速度，分別是腳尖一百公里、膝蓋兩百公里、腰部及背部三百公里、肩膀和手肘五百公里，以及手腕一百公里。

只要同時移動這些部位，就算只有一瞬間也好——

時速的總和會達到一千兩百三十六公里。

會變成**超音速的一擊**！

「那你就試看看吧！」

磅————！

我的蝴蝶刀發出類似槍聲的衝擊聲。

如同大哥的大鐮刀一樣，小刀的前端速度超越了音速。

小刀的後方，放出了有如櫻花吹雪的蒸汽錐。

同時，我的右臂被超音速的衝擊波撕裂，鮮血飛散而出。

彷彿沾滿鮮血的櫻花花瓣。

「嗚喔喔喔喔！」

這是我犧牲右臂的最後、也是最強的一擊。

人類絕對躲不開。

手持刀轉身的夏洛克，似乎也看透了這一點。他沒有迴避。

而是朝著刀刃伸出了左拳。

——啪！

沒錯，夏洛克沒有迴避。

他接住了。用自己最得意的格鬥技——巴流術。

空手奪白刃的單手版。

就像過去我在貞德一戰中秀出的技巧一樣，他用食指和中指做出空手奪白刃。

「實在太可惜了，金次——」

夏洛克和剛才的亞莉亞一樣，說了同樣的話後揮劍反擊。

朝我左胸襲來的劍，我也啪一聲擋住了它。

同樣用食指和中指，使出了空手奪白刃。

「一點都不可惜。」

很遺憾，夏洛克。

這招空手奪白刃，是你曾孫教我的，在幾個月前的殺人特訓中。

我和夏洛克彼此用手，夾住了對方的刀刃。

這跟剛才和亞莉亞交手時一樣，是**千日手**。

我和夏洛克現在誰也動不了。

因此，我無視竄過右臂的劇烈疼痛——同時深深地、深深地吸了口氣。

「我早就知道——」

接著，把頭部大幅往後仰。

「你會來這招了！」

「——！」

我在最後一刻，看見夏洛克一臉訝異地抬起頭來。

你活該倒楣。

沒錯。

剛才和亞莉亞變成同一個姿勢時，我沒辦法使用。

遠山家代代相傳的鐵頭、真正的隱藏絕招——就是這個！

鏗————！

我的**頭錘**猛力撞上夏洛克這顆——世界最頂尖的腦袋上。

「……！」

世界最強的名偵探，頭晃了一下朝正後方仰……

他放開了右手的刀和左手的小刀，緩緩地向後方倒下。

夏洛克，你要恨就恨自己是個男生吧。

如果你是女性，我就沒辦法這樣使勁地撞你吧。

夏洛克的背部摔在鋼鐵地板時，收納庫中播放的〈魔笛〉唱片也結束了。

我深深地吐了口氣。

我奔跑、射擊、斬擊，最後還使出了頭錘……不折不扣地用盡了全身的部位，總算才打倒了他。

打倒這位世上最頂尖的男人。

「……亞莉亞。」

我靜下心來控制狂怒爆發的同時，將視線移開夏洛克，轉頭看向呆然看著我們戰鬥的亞莉亞。

亞莉亞朝我跑了過來，撫摸我傷痕累累的右臂。

「金次……你的手……這麼多傷。」

「總比亞莉亞受傷好。」

我倆初次見面時，我也說過類似的話呢。同樣在爆發模式下。

我如此回想，同時用左手藏住有好幾道閃電狀傷口的右手。

「傻瓜……！」亞莉亞小聲說完，把頭埋進我的胸膛。

接著，她拿出逮捕超偵用的手銬，跪在倒地的夏洛克身邊——她的雙眼似乎恢復了

——瞬間猶豫了一下後……

「曾爺爺……不對，恕我直呼你的名諱……夏洛克·福爾摩斯。」

鏗鏘！

便用手銬銬住他的手腕。

「你被捕了……」

這樣一來……

事件落幕了吧。

「謝謝妳送了我一個這麼棒的禮物。那是曾孫超越我的證明，我就收下吧。」

——！

頭頂上傳來——一個沙啞的聲音。我和亞莉亞慌忙抬起頭。

那裡有一個人，抓著一具ＩＣＢＭ前端的門扉。門扉成洞開狀態。

他的額頭因為剛才的頭錘而流血，但臉上還是掛著笑容向我們揮手。此刻，他的頭上終於夾雜了白髮。

是夏洛克！

「金次。剛才你給我的這一擊，連我也沒推理到呢。如果是剛才年輕的我，大概馬上就能推理到了吧。哎呀！真是歲月不饒人啊。」

——！

我把視線移回倒地的夏洛克身上，只見他的右手——

沙！

變成沙金瓦解了。

接著，他用左手把亞莉亞的手銬往上拋，傳給頭頂上的夏洛克。

糟糕！我還太嫩了……！

夏洛克趁我轉向亞莉亞，而亞莉亞的注意力集中在我的傷口時——

利用佩特拉的技巧製造出沙金的假人替身，自己則跳到了ＩＣＢＭ上！

「夏洛克，你要去哪裡……！你不是只能活到今天嗎……！」

「我哪裡都不去。以前不是有人說過嗎？『老兵不死。只是凋零』。來吧，畢業典禮的時間，就用煙火來裝飾吧。」

我抬頭看著夏洛克走進ＩＣＢＭ中，發覺到一件事情。

伊．Ｕ那群傢伙把超空蝕魚雷，改造成一種名為奧爾庫斯的小型潛航艇。

這具ＩＣＢＭ也一樣，是飛彈改造而成的——載具……！

「**曾爺爺**，等一下！」

亞莉亞從我身旁衝出，撥開白煙靠近ＩＣＢＭ。

「不要走……！我不要……我不要……！我還想要聊更多你和媽媽的事情……！」

「亞莉亞！不要追了！那東西要發射了！危險！」

我尾隨在後說。但亞莉亞充耳不聞，反手從身後拔出短日本刀。

接著像美式足球的觸地得分般縱身一躍，把刀刺在ＩＣＢＭ的表面上。

「亞莉亞！」

「……曾爺爺！」

鏗……！鏗！

亞莉亞交互刺出左右手的刀，像在攀岩一樣爬上ＩＣＢＭ。

「──亞莉亞。」

夏洛克在遙遠的頭頂上，把腳抵在半關的門上說。

「我們相處的時間雖短，不過我很高興。我很想給妳一個遺物，可是很抱歉。我……手上沒有東西可以送妳。」

「……曾爺爺……」

「──所以，我送妳一個外號吧。我有一個外號，是『緋彈』的英譯，『Sherlock the Scarlet Ammo（緋彈的夏洛克）』──這個外號，送給妳。」

「外號……」

「再見了，『Aria the Scarlet Ammo（緋彈的亞莉亞）』。」

夏洛克以這句話為句點，關上了艙門。

震動的ＩＣＢＭ緩緩地、緩緩地——移動巨大的身體，向上飛去。

慘、慘了——！

亞莉亞還貼在ＩＣＢＭ上。

而且還爬到了無法跳下的高度。

（……該死！）

我咬緊牙根忍住手臂的疼痛，撿起變回沙金的假夏洛克手上的刀，和自己的小刀一起，鏗一聲插在ＩＣＢＭ上。

ＩＣＢＭ似乎內建液態氧和液態氫的燃料箱，本體和鐵格地板下方的噴射焰相反，冰冷且帶有一層薄冰。

不過或許因為它是載具的緣故，外表沒有過度結冰。

「亞莉亞！快下來！」

「我不要！曾爺爺不知道要去哪裡……！」

「已經不行了！快下來！」

頭頂上，有水滴落了下來。那是亞莉亞的眼淚嗎，還是從ＩＣＢＭ上剝離的冰開始融化了呢？

我手拿一大一小的刀，和亞莉亞一樣開始爬上ＩＣＢＭ。

右手的撕裂傷，不停流出鮮血。

忍耐……忍耐下來，金次……！保持清醒……！

ＩＣＢＭ的巨大身軀發出嘶嘶聲響，開始浮起。

它逐漸飛起，飛往藍天。

再這樣下去，就真的回不去了！

我如此心想時——ＩＣＢＭ帶著我和亞莉亞——

從伊・Ｕ的背部甲板，逐漸往上噴出……！

「……！」

現在放手還有救。摔在甲板上的話，只會受重傷吧。

可是——亞莉亞……！她發覺到夏洛克想要展開死亡之旅，已經失去了自我。

不能讓她也跟著去。

（亞莉亞！妳這個……傻子！）

我一定要把妳拖回來。

我不管夏洛克是要去那個世界還是哪裡……我都不會，讓他把妳帶走！

眼看從甲板發射口射出的ＩＣＢＭ，逐漸開始加速。

筆直地朝向天空。

我俯視伊・Ｕ，現在的高度已經能用手掌藏住它。

接著，我逼近亞莉亞，來到差一點就能抓住她細腿的位置……

（嗚……！）

我整個人在那裡動彈不得。

這是……什麼速度啊！

這股推力非比尋常。

雲霄飛車根本就比不上。

風壓讓我無法呼吸。光是不讓刺在本體上的刀刃被甩開，我就已經使出吃奶的力氣了。

這一點亞莉亞也一樣。她現在只顧著抓住雙刀，不讓自己摔落。

粉紅色的雙馬尾，在風的撕扯下飄逸。

不只是速度。

ICBM的高度也逐漸上升。已經，看不見……伊・U了……！

「————！」

隨著轟然聲響，ICBM衝入了雲端中。

視野一口氣變成了雪白色。細微的冰粒打在我的臉上，使我無法張開雙眼。

穿過雲端後出現的藍天，有如結冰般寒冷。空氣完全呈現乾燥狀態。

我微睜的雙眼，在雲朵間看見了白色的新月。我們似乎要越過新月般，再次被加速帶往高空。

地平線開始描繪出圓弧狀。那是——地球的圓弧。

（到、到底要爬升到哪裡……！我已經到……極限了……！）

我在空氣稀薄的高聳世界中，隔著結冰的眼睫毛，看見了幾道如白龍沖天的雲朵航跡。數量有一、二、三——七。

（……那、那是……！）

那是火箭噴出的氣體。除了我們之外，其他從伊・U上發射的IBCM，此刻正在空中奔馳，往四面八方飛去。

那是載具——換句話說，上面八成有人搭乘。

沒錯，**是伊・U的殘黨**——！

當我發覺到這一點時，鏗！

先是夏洛克的刀，再來是我的蝴蝶刀，連續從ICBM上脫落。

（啊——）

我如此心想的同時，人已經被拋出去了。

亞莉亞的刀也同樣到達極限，從ICBM上鬆脫。這是我看到的最後一幕——

接著我背部朝下，摔落了。

不過才過了幾秒，上升的ＩＣＢＭ就離開我的視線逐漸變小，只剩下如星星之火般的噴射焰。

視野中取而代之的是，亞莉亞從上方掉落的景象。

——你曾想過會有少女從天而降嗎？

亞莉亞在藍天中扭身，讓自己背對ＩＣＢＭ——朝我的方向伸出手來。

同時落下的我們，目測距離約三十公尺。

我讓背朝下，以增加空氣阻力來減速。

亞莉亞則頭朝下，加速朝我過來。

兩人的距離逐漸縮短。

——這是一個不可思議又特別的序曲。

亞莉亞落下朝我接近。

右手拚命伸向我。

我也伸出沾滿鮮血的右手，在空中拚死保持平衡，想要維持姿勢。

我們在空中急速下降，手和手在距離一公尺處彼此伸出。

碰到她……碰到她！

還有，五十公分！

還有三十，還差一點點……還有十公分，快碰到了，再過去一點！

「……金……次……！」

「……亞……莉亞……！」

我們的手，牽住了。

我在空中把亞莉亞拉了過來；亞莉亞在空中滑行朝我接近。彼此上下顛倒，使勁地抱在一起。

就和那個開學典禮的早上，我倆在腳踏車遇劫時相擁的姿勢一樣。

下一秒，我們在雲上開洞，衝入了飄動的雲朵中。

——從現實角度來看，那肯定是既危險又麻煩的事情。

離開雲朵後，視野再次清晰。

我和亞莉亞在雲中變換姿勢，頭朝下抱在一起，朝著遠方的海面落下。理所當然的，在這種高度下……我們必死無疑。

人類在自由落體時，速度大約會維持在時速兩百公里左右。

以這種速度摔落的話，水面會堅硬如水泥。

——可是我，遠山金次，

願意為了她深入龍潭虎穴。

恐怕就跟世界上所有男人……世界上所有的主角一樣吧！

「金次……！」

亞莉亞一邊落下，一邊對我耳語。

「讓你這樣陪我——我很抱歉。」

「嗄？事到如今說這幹什麼。」

我的聲音，已經有點自暴自棄了。

「謝謝，謝謝你，我的夥伴。我以你為豪——」

亞莉亞一本正經，並用紅紫色的眼眸直視著我。

「就跟曾爺爺說的一樣……這是『序曲的終止線』。是結束，也是一個開始。現在，偵探的時代結束了——接下來，我們武偵的時代要開始了。

還有，武偵憲章第十條：『不要放棄』。武偵絕對不要放棄。

金次，老實說。我在伊・U……有好幾次差點放棄。在和你交手之前，所有的事情我都已經半放棄了。不過，因為你讓我向前走的，因為你沒有放棄……所以我們現在！還！活著！」

亞莉亞說完，更加緊抱住我的身體。

當我們的距離逼近到只要再十秒左右，就會撞上下方的海面時……！

「曾爺爺肯定也，推理到這個瞬間了吧。所以才會讓福爾摩斯一族的女性，代代都綁這種髮型。」

她閉上紅紫色的眼睛，表情似乎在集中什麼。

「……理子做得到，我也一定可以……！」

說完……她的雙馬尾像翅膀一樣大幅張開。

那並不是風壓使然。

……啪沙！

「————！」

我們被雙馬尾孕育出的風壓牽引，身體反轉了過來。

隨後雙腳朝下，落下的速度逐漸減緩。

亞莉亞如展翅般張開了雙馬尾，像理子一樣自由操控它。

夏洛克打進她身體的子彈，據說和理子的十字架是同族的金屬。

亞莉亞剛才聽到這一點，現在使出了理子的招式。

有樣學樣，直接上陣演出。

「……亞莉亞……！」

好厲害……！我不是指這個能力。

而是亞莉亞的機智和膽量，還有在緊要關頭還能發揮出實力的地方。

機智讓她在窮途末路中，還能想出方法死裡逃生。

而這個方法她從來沒用過，卻有膽量賭上一切。

最後在這種狀況下發揮出實力，實現了這個方法。

哈哈！亞莉亞。

妳不這樣我可傷腦筋了，因為妳是——我的夥伴啊！

「不、不要一直看我。這個方法……我覺得很不好意思……！」

啪沙！

亞莉亞化為羽翼的頭髮，再次孕育出風。

她顯得相當害羞，臉頰像平常一樣泛紅，口中還發出含糊不清的聲音。啪沙！雙馬尾又一個拍動。

相擁的我們，下降的速度已經像是普通的跳水。

我環視眼下，白雪在救生艇上一臉驚訝。

小艇的邊緣，佩特拉和在她懷中坐起上半身的大哥——太好了，他似乎保住了性命

——也一臉驚訝地抬頭望著我們。

「金、金次。我果然還是需要你。武、武偵憲章第一條！」

降落水面之際，

亞莉亞的娃娃聲突然變成有點痴呆的顫抖聲。

「第一條……『同伴之間要互信互助』……嗎？」

「沒、沒錯。所以金次，」

撲通！

「你、你暫時先當我的游泳圈！」

我和亞莉亞平安降落，稍微潛入海中。

亞莉亞像無尾熊一樣緊抱住我。我對她露出苦笑，同時在海中看著上方。

耀眼閃爍的太陽，在那裡發出金色的光芒。

如同亞莉亞在空中說的……這不是結束。

伊．U事件是一個契機，今後亞莉亞將會遇到新的強敵或夥伴——跳進比現在更過

激的日常生活中。而很遺憾的，身為夥伴的我也一樣。

沒錯，日後我們將體會到這一點。

——到目前為止，只不過是〈緋彈的亞莉亞〉的序曲罷了。

The End of JUST a Prologue!!!

再次裝彈1 粉雪・白雪之妹

……啾！啾！

窗外傳來麻雀的叫聲，我在武偵醫院的床上醒了過來。

我坐起穿著病人服的身體，用留有閃電疤痕的右手，按遙控器打開電視。看到畫面上的文字，我知道今天是八月二十二號。

那場有如惡夢的戰鬥，已經是快一個月前的事情了。

（……今天，出院嗎……）

我用睡傻的腦袋看著電視，回想在那之後發生的事情。

從伊・U上生還的我們，被白雪的救生艇撈了起來……幾個小時後，上了前來救援的車輛科秘藏載具——水上飛機。

聽說武藤駕駛的飛機花了一天回到台場的海上，然後半睡半昏迷的我，直接被送進了救護科旁的武偵醫院。

伊・U的後續狀況如何……我不知道，也不想知道。

——我已經不想去思考那個組織的事了。

反正那群傢伙失去了首領，四散各地了——

在那之後，有位自稱是政府相關人士的黑衣男，和武偵高中的老師一起來到我的病房，針對伊・U的事情打破沙鍋問到底。接著，「我們會負責善後，這次的事情永遠不准對外公布。」丟下這句話便離開了。他大概是是法務省的武裝檢察官吧。

還有，大哥和佩特拉從東京消失了。雖然這點我已經預料到了。

我不知道他們去哪裡，希望他們可以和平度日，感情良好。

而我呢……

關於伊・U的事情，我要徹底反省啊。

雖說是為了夥伴，不過我實在認真過頭了。

（這樣不行啊，金次。要是再這樣隨波逐流……）

爆發模式消退後我冷靜了下來，對自己冒的種種危險感到不寒而慄。

這次的事情要是再多搞幾次，真的有幾條命都不夠賠。

我——不會再認真了。爆發模式也要自重。日後一定要享受和平的日常生活，一步步接近「平凡的高中生」。

我帶著這個想法——

出院朝新的日常生活踏出一步。

最近亞莉亞因為伊・U的事情經常外出。她為了母親因冤罪而入獄的審判，似乎忙著收集證據以及和律師商量，現在十分忙碌。

可是她連來探個病都沒有，實在有點無言啊。容易讓我進入爆發模式的傢伙沒來是一件好事啦——可是這樣有點冷淡啊。

而這段時間趁隙而入的人……

「小金，恭喜你出院了！」

正是我的青梅竹馬——白雪。

我走出醫院大廳後，穿著制服的白雪九十度深深鞠躬，迎接我的到來。

她抬起頭來，黑色的眼眸溼潤，帶著淚光……是喜極而泣嗎？

「嗯、嗯。謝謝你，白雪。」

住院的這段時間，白雪真的對我很好。

幾乎每天二十四小時看護我，還從藥材開始找起，幫我燉了道地的中藥；也幫忙我做一般科目的功課，真的是捨身奉獻了。

哎呀……不過也發生了一些莫名可怕的狀況。

例如：我不記得她有幫我量過腰圍和腿長，她卻有辦法幫我準備一件合身的新制服，連一公厘的誤差都沒有；還有等我注意到時，亞莉亞的連絡方式已經從我的手機中消失……等等，這方面就別去追究吧。

「……對了，白雪妳幫我做的中藥，那些材料是放在小香港的紙袋裡吧。妳可以一個人去台場了嗎？」

星伽神社的閨秀：白雪受到老家的禁止，不得外出到學校及神社以外的地方。她以前就連坐單軌電車離開武偵高中都會猶豫，最近這一點稍微成長了些。

「嗯、嗯。剛開始還有點不安，不過我成功買到東西囉。因為我是小金的專屬護士啊。只要是為了小金，要我做什麼都無所謂。」

白雪十分幸福地說完，用雙手按住臉頰想藏住下意識露出的笑容。

……專屬護士勒。

我完全不記得有和妳簽約過……哎呀！怎麼樣都隨便啦。

附帶一提，我已經對白雪說過：「我不想聽有關伊・U和緋彈的事情，妳什麼都不要說。」我剛入院時，她一臉很想說明的樣子，不過現在她和我聊天時，已經可以適當地避開那場戰鬥的事情。

我和白雪聊著第二學期的事情，往武偵高中的校舍間走去。

接著……教務科的公布欄映入眼簾，我停下了腳步。

「……！」

喂……喂！

我衝向貼在上頭，用紅字寫著「警告！」的紙張，揉了揉雙眼再看一次。

我、我沒看錯。這、這是……！

白雪注意到我一臉驚愕，也看了公布欄……驚訝地雙眼圓睜。

「截至八月二十日止，學分不足者　遠山金次　專門科目（偵探科）1學分不足」

等……你……這是什麼鬼東西！

賭場警備我有好好做吧！

我心想，並看了詳細的內容。上頭寫著：「賭場『台場金字塔』的警備任務，無法讓營業順利進行，故學分減半（小數點四捨五入）。」

喂、喂喂……！

剩下……一學分，這個暑假要是拿不到的話……我不就留級了嗎……！

「小、小小金！學、學學分！學學學分分分！」

白雪驚慌失措的模樣大過於我，一陣手足無措後……

啪一聲打開了武偵手冊。

接著神色驟變，拿著毛筆頭的小筆，刷刷刷地不知道在寫什麼。

「……」

她寫得實在太拚命，讓我感到有點不安……於是探頭一看……

絕對必須！

↓

拿到學分↓一起升級↓一起升學↓一起到武偵企業就職↓大喜之日↓產子↓生七、八個↓全都像小金大人。

我在瞬間好像看到一張紙，上頭寫滿了讓人莫名害怕的人生計畫；不過她字寫得太漂亮了，我看不太懂。

重複一次，我看不懂。

……就當作我看不懂！我什麼都沒看到喔！

刷刷刷！白雪用快把筆寫斷的氣勢，畫了花朵圍繞住「學分」「絕對必須」的文字旁，露出決心滿滿的表情，啪一聲蓋上了手冊……

冷不防挺起了腰桿，再次面向我。

幹、幹麼？

「小、小金！暑假還有十天！我們想辦法拿到1學分吧！」

「嗯、嗯。要不然可就慘了。」

我擦拭冷汗，白雪對著我握緊拳頭，做出「耶耶喔」的動作。（註6）

6　耶耶喔為日本式的一種吶喊方式，主要用於提振氣勢。

「我會全力協助你的！為了和小金入籍……啊，那個，為了升級！」

要……要怎麼樣才能把入籍和升級搞錯啊。它們沒有半個字像喔。

不過，先不管剛才那張我**看不太懂**的筆記，有這位優等生的幫助會讓我心安。畢竟這在某種意思上，是個比伊．U一戰還要更大的危機。

我環視公布欄，武偵高中接洽的緊急任務已經賣光了。

因此我們龜在情報科，連晚上都在找尋民間的工作……可是這附近能變成偵探科學分的工作，幾乎被職業武偵給接光了。

（……真的慘了……）

我和白雪回到男生宿舍，想繼續用自家的電腦搜尋。

——殊不知，那裡有更嚴重的問題正在等候我們。

「……？」

房間門前，站在螢光燈下迎接我們的背影——

是一位背著包袱——上頭有五芒星家紋——撐著紅色油紙傘，留著一頭半長髮的……另一位……白雪？

不對，是一位穿著巫女服的少女。她就像小一號的白雪。

「我不好的預感果然中了。」

少女轉身，冷不防朝我瞪了過來。

她和白雪一樣是妹妹頭瀏海，不過瀏海下方的眼神剛強了些。

她好像認識我們……可是這孩子是哪位啊？

「粉雪！」

白雪在嚇得要死的我身旁，驚訝出聲。

「粉……雪？」

是粉雪！那個白雪在星伽神社的妹妹！

我憑藉兒時的記憶，逐漸去回想白雪眾多妹妹們的長相。多達六位。

霧雪、華雪、風雪……白雪的妹妹和她全都是一個模子刻出來，所以只能用年齡來區分——唯獨這位粉雪是無血緣關係的妹妹，長相和行動模式都和白雪不同。

我記得她很黏姊姊，總是像抱抱怪一樣跟在白雪身旁。（註7）

「……是粉雪嗎！哎呀，妳長大了耶。妳和白雪差兩歲，所以現在是國三囉？」

我像親戚大叔一樣說完……

粉雪無視於我，抱住了白雪的手臂。

「姊姊果然和我的『神託』預言的一樣，在這所萬惡的武偵高中內，被魔性武偵：遠山大人給欺騙了！」

7　抱抱怪（おんぶおばけ）是日本某短篇電影中的妖怪。會大叫抱抱然後跳到別人的背上。

──「神託」。

聽到這句話，對再次相遇的一事也差不多驚訝完的我，想起了以前聽說過的星伽占卜。

星伽巫女的占卜分為意圖占卜某樣東西的「占卦」，以及突然預感到的「神託」。

我記得……「神託」是一種不方便的術，得知的內容未必是自己想知道的東西，是約十歲出頭的年幼巫女所用的東西。

粉雪狠狠瞪了我一眼，隨後在極近距離下抬頭看白雪，

「姊姊居然跟男生在外遊蕩**到這麼晚**，太不純潔了！那、那麼冰清玉潔，人稱星伽巫女典範的姊姊……偏偏是和男生！**玩到三更半夜！**」

開始罵起人來。

現在才九點耶。

我瞄了不停退縮的白雪一眼，接著看了手錶。

「這個時間還可以外出吧……」

我秀出手錶說完，

「實、實在是太下流了……！遠山大人太不純潔了！」

什麼東西不純潔啊──我還沒來得及吐槽，粉雪就伸手指向我。

「姊姊的門限是五點！然後八點就寢！這是星伽的**規矩！**」

妳說五點？現在連小學生都不會那麼早回家喔。

可是，這裡粉雪也不讓我有時間吐槽。她馬上從白雪的口袋拿出鑰匙卡，打開了房門。我房間的房門。

「來來！姊姊，不要聽這個墮落的男人胡言亂語！趕快入內，然後入浴淨身。別的事情先不要管，我先幫姊姊洗背！」

粉雪把不知所措的白雪推入室內後，在關上門的同時……

轉頭對嚇得要死的我吐出舌頭。

「丑時參拜詛咒你！」（註8）

粉雪丟下這句話後，砰！喀嚓！

以門把都會變形的氣勢用力關上門，並從裡面上鎖。

「啊，不是……這裡是我的房間啊……」

門前只留下一位被關在自家門外的可憐男子。

我也有鑰匙卡可以進房間啦……

不過她們好像說要一起洗澡，所以我為了打發時間，跑到便利商店站著看漫畫雜

8　丑時參拜是日本一種民間傳說，丑時指深夜一點到三點，據說這段時間到神社去釘稻草人可以詛咒對方（有一定的儀式）。

誌。光站著看好像不太好意思，所以我買了一本回到宿舍。

以前好像也有過這種狀況？哎呀，隨便啦。

話說回來……先不管粉雪的個性如何，她變漂亮了呢。

我記憶中的粉雪不過是個孩子，現在已經變成了亭亭玉立的美少女。真要說的話，算是稍微有點傲傲的……亞莉亞系。

她幼時的五官秀麗，長大後會變成美人也很自然。

不過對擁有爆發模式這顆炸彈的我來說，並不值得高興。

還有被粉雪責罵的白雪……一聽到「星伽」就變成了乖寶寶。

平常的白雪只要有人和我敵對，不管是誰她都會發動攻擊，我為了制止她吃盡了苦頭……可是剛才的白雪，就像做壞事挨罵的小孩一樣，相當老實。

那樣還真搞不清楚，誰是姊姊誰是妹妹了。

應該說在「星伽」的名字之前，白雪還是改不掉裝乖的習慣啊。哎呀，她能比平常還要端莊也是一件好事。基於安全上的理由來說。

我回到房間後……嗚！可能是有兩位女性剛洗完澡的緣故，室內充滿了女人味，有洗髮精和護髮乳的香味。真是討厭啊。

我像是潛入犯罪集團的巢穴，躲在牆後確認浴室……

很好，她們好像已經洗完了，起居室還開著燈。

我不喜歡像這樣偷窺，不過如果她們在換衣服的話，事情可就大條了。我遵從武偵的理論──凡事先視察敵情，於是偷偷偵察了起居室的情況。

……她們好像已經換好衣服了。

她們穿著成對的巫女服──那是星伽的便服吧。

我房間的狹窄浴室，用的是一體成形的衛浴設備。白雪和妹妹一起洗過澡，感覺比平常還要更端莊……正用黃楊木製成的梳子，梳著粉雪的妹妹頭瀏海。

同樣是正坐的粉雪，一臉春風得意的表情，陶醉在其中。

乍看之下，這是一幅會讓我想把它拍下的美麗光景。

「結果剛才讓粉雪幫我洗澡了。跟小時候相反。」

「不會，姊姊不需要道謝。能幫上姊姊的忙是我最幸福的事情。承蒙款待了。」

「款待……？」

「啊，那個……就是，姊姊。我每天都會做料理──請妳快點回星伽吧。粉雪沒有姊姊在身邊，總是覺得很寂寞……」

白雪看著慌忙改變話題的粉雪，表情有些為難。

「然後我們像以前一樣每天一起祭祀、跳神舞，請姊姊仔細教導我那個無法用言語比喻的美麗舞蹈。姊妹大家一起成排用膳，在同一個地方睡覺……啊啊！光是想到姊姊在那裡流露出的各種表情，粉雪就……我、我已經買了好幾臺數位攝影機了！」

粉雪按住雙頰的手，指頭白皙細長。她一臉興奮，開始說出莫名其妙的話。

我聽不太懂，不過她在最喜歡的姊姊面前，腦海似乎變成一片花田了。

「不只是我。其他妹妹們也很想跟姊姊見面。年幼的妹妹們因為太想念姊姊，甚至還在半夜哭呢。」

「是、是嗎……」

白雪本來就有一對低垂的雙眼，現在越聽她說，眼神就變得更低伏沮喪了。

看到白雪苦悶的表情……

粉雪的臉頰完全染成了朱紅色，圓滾滾的雙眼在上方顫抖，嘴角半開——一副被**萌到**的表情。以理子的語言來說。

宛如一隻眼前放著木天蓼的貓啊。

她無聲地顫抖嘴唇，經過我用讀脣術分析後，發現她呢喃了好幾次：「啊啊！好可愛、好可愛、好可愛！」對自己的長輩那算什麼啊。好可怕啊。

粉雪的十根手指開始興奮躁動。我產生了錯覺，感覺她的屁股好像長了一條像狼一樣的尾巴……

我莫名地直覺到，有一種危險正在逼近白雪，

「……打擾了。」

於是我走進了起居室。

粉雪妹妹頭瀏海下的雙眼，在這瞬間朝我狠瞪了過來。

眼神很明顯是在說：「不要礙事。」

接著便轉身，不正眼看我。

「——請進。不過，這次是我特別准許你進來的。」

「『特別』……這裡是我的房間……」

「是姊姊的指示，我才不得已讓你進來的。」

「不是，這裡是我的……」

「男女七歲不同房！」

白雪看了正坐背對我的粉雪，朝我的方向雙手合十，感覺像是在說：「抱歉喔，小金。」

這麼說我想起來了……星伽是一間男賓止步做得相當徹底的神社。因此巫女們只看過遠山家的男性（不知為何只有我們特例允許進入）。

所以我記得以白雪為首的小巫女們，小時候剛和我接觸時也是提心吊膽。不過因為我們都是小孩子，所以很快就打成了一片，唯獨粉雪一直到最後，都躲在暗處看著我和大哥發抖……從來沒對我們露出笑容過。

簡單來說，她討厭男性吧。和討厭女性的我相反。

彷彿在印證我的說法一般，打開電視的粉雪不停按著遙控器……轉台到只出現女性的連續劇上。真是徹底啊。

我也應該像那樣，徹底避開異性嗎？

另一方面，白雪從廚房拿出了小茶壺，

「小金，有煎餅喔。是粉雪帶來的伴手禮。」

她說完，在玻璃矮桌旁正坐。

她的表情似乎有話要說，於是我也先盤腿坐了下來。

我喝著白雪泡的日本茶，吃著脆脆的南部煎餅……不過因為粉雪在身後放出殺氣的緣故，讓我靜不下來啊。

「那個小金。我找到半天就能拿○．三學分的工作了。」

白雪優雅地吃著掰成小塊的煎餅，面露笑容地說。

「──真的嗎？」

「嗯。我打電話去教務科確認，他們認同這是各科共通的學分。」

「有、有這麼**好康**的工作嗎……內容是什麼？」

「以接受委託的方式，帶領想要入學的粉雪參觀武偵高中。」

帶粉雪參觀學校……

「粉雪，妳該不會想要讀武偵高中吧？」

「並不是。我最討厭武偵高中了。因為這個地方害姊姊離開了星伽。」

粉雪看著連續劇中購物的場景，頭也不回地說。

也就是說，要我帶粉雪參觀學校……是假造的委託內容嗎？

粉雪說完專心看著螢幕上的百貨公司，沉默不語。

白雪側眼看了盯著電視的粉雪，小聲對我呢喃說：

「小金，那個啊。」

「粉雪是來幫星伽傳話的……如果可以的話，她想順便帶我回家，離開武偵高中。所以，我想最好是讓她知道武偵高中是什麼樣的地方，武偵是何種工作……至少要讓她知道這些不是壞事……抱、抱歉，小金。這裡頭還夾雜了我的私事。」

白雪一臉抱歉地朝我雙手合十。

嗯……總之這件事情能幫上白雪的忙嗎。

我住院時受到她不小的照顧。能回報她的人情，豈不是一石二鳥。

「……那我就接下吧。粉雪，明天中午前妳可以陪我一下嗎？」

「好的。因為這是——姊姊的命令。姊姊的命令不管是什麼我都會照做。為了姊姊，要我做什麼都無、無、無無……」

……？

無無？

「無無無、無……！」

粉雪突然口吃。我往她的方向看去，發現她前方的電視連續劇中，出現了一名男性。

而且，還和女演員在演吻戲。

「——無！」

粉雪彷彿要按壞遙控器一樣，噗滋一聲關掉電視，面紅耳赤到快要出血似地，把遙控器用力一丟砸到我的臉上。

「不、不不不、不純潔！不純潔！髒東西要消毒！」

她呼喊著莫名其妙的話語，不知為何朝我一陣連環踢……

我很快就痛感到，這次接下的工作一點都不**好康**。

——武偵高中的設施，出乎意料地充實。

這座人工浮島在施工當時，原本預定當作羽田機場的增設跑道，只有寬敞兩字能形容。而且島上還有來自武偵廳和武偵企業的產官投資。

此外學生依照學科，還能享受到各種不同的特別待遇，這也是賣點之一。例如：車輛科十五歲就能考普通汽車駕照；情報科和通信科會分發到最尖端的ＰＣ和手機。

因此參觀武偵高中的國中生，都會滿喜歡這裡的。

可是……

隔天一早就被我帶出門參觀學校的粉雪，心情一直很差。

她只對白雪所屬的超能力搜查研究科略感興趣，在參觀其他學科時都一語不發。跟我這個男生走在一塊，似乎就讓她很不愉快。

如果不是工作，我也不願意啊。要我和女生在校內到處走。

她身上的夏季毛衣很明顯不是武偵高中的制服，搶眼到不行。

這樣的話，又會跑出一些像是「**花花公子**金次又換女人了」之類的錯誤謠言。

而且該怎麼說呢……我和女生獨處就是找不到話題聊啊。

所以我想起因為學生會工作而不在的白雪，

（……這麼說來，理子叫白**雪**「小雪」吧。這樣她遇到粉**雪**的話，會不知道該怎麼取外號吧……叫她「小粉」之類的嗎？）

一邊想著實在怎樣都無所謂的事情……

帶著粉雪來到最後的學科——我的舊巢強襲科。

這裡更需要多加留意。因為男生出現的機率很高。

「粉雪。這裡要注意腳下喔。因為地上常常會有空彈殼，如果妳習慣了是可以踢著彈殼走啦……不過來參觀的學生，每年都有好幾個人跌倒。」

我說話的同時，走進像體育館一樣的黑色訓練設施。

——周圍冷不防傳出：「磅！砰！去死！去死去死！」的聲音，有五名左右的一年級生，穿著輕裝備A裝正在互毆。

他們大打出手的原因，好像是因為在搶明星的泳裝寫真集。

果真是……只有體力可取的強襲科——去死去死團會有的景象。

「……」

我瞄了粉雪一眼。她不出所料，看著起爭執的男生們眉頭深鎖。

一副打從心底看到汙穢之物的表情。

「那、那是一種格鬥訓練。」

我慌忙推著粉雪的背，讓她通過打成一團的學弟們身旁。

現在正值暑假，大樓內沒什麼人影。

多虧如此，各訓練室的介紹十分順利。我們來到突襲訓練室移動人形標靶，那裡像電影片場一樣放著等比例大的建築物布景。還到了射擊學室，針對射擊和彈道理論做了初步的說明。也到了射擊訓練場，實際射靶給她看。

可是粉雪毫無反應。

自始至終都是一副無聊的樣子。

應該說，她進到強襲科大樓後，心情好像變得更差了。

「……以上……校內參觀到此結束。妳有其他想看的地方嗎？」

我來到走廊小心不要踩到空彈殼，一邊開口問。粉雪聽了搖頭說：

「不用。已經夠了。」

接著，淡紅色的嘴脣扭成了ㄟ字型。

「——因為我已經很清楚，武偵高中是一個多麼暴力的地方了。」

「暴、暴力……偵探科和情報科還算平靜吧。」

「不對，他們也是一丘之貉。說起來，為了金錢而使用武力的行為本身就很下流了。我無法忍受冰清玉潔的姊姊，繼續待在這種地方。」

粉雪對武偵口出惡言。

哎呀……會對武偵抱持那種偏見，是常有的事情啦。

這次的參觀學校還有另一個檯面下的目的，就是替不想回星伽的白雪，提升粉雪對武偵高中的印象。現在這樣，豈不是適得其反了？

平常我是很討厭武偵高中，不過這邊就替它辯護一下吧。

「妳**反過來想想**，粉雪。有供給就會有需求。日本現在有很多人，抱著一些不惜花錢也想解決的問題。攔路魔、強盜殺人、跟蹤狂和竊盜等犯罪不斷增加，而且警方也人手不足吧。所以武偵在社會上是必須——」

「要**反過來想想**的是遠山大人。」

我拾老師的牙慧說到一半，粉雪就插嘴說：

「會笨到被捲入那種問題的需求者也有責任。至少我不可能遇到那樣的問題。因為我不會去危險的地方，也不會隨便炫耀錢財。」

「……也有人為不可抗拒的狀況吧，有些犯罪者不會照條理來的。」

我小小反論完，粉雪立刻吊起杏眼——

「那種事情不重要！反正我最討厭武偵高中和武偵了！都是武偵高中的錯，害姊姊離開了星伽。我知道，她是被身為武偵的遠山大人給騙了，所以才不回去的！」

她說著幼稚的歪理，伸手指向我。

（啊、啊啊……原來是這樣啊。）

……粉雪是在遷怒。

自己最喜歡的姊姊——白雪跑來東京，可是她因為喜歡姊姊，無法對白雪發脾氣，故將怒氣對準了武偵高中和武偵。

這種不講理的態度，讓我有點不耐煩了……

可是對方是委託人，又是個孩子。對小孩子說的話發脾氣，有失男人的格調。

我是長輩，這邊應該要讓她吧。

「嗯，白雪的事情先不管……武偵的事情就像粉雪說的。沒人被捲入問題當然是最好的。就這樣——我們回去吧。沒忘記東西吧？」

我一說完，原本一臉想吵架的粉雪，表情像是撲了個空，擺出一副「想逃嗎？放馬過來！」的架勢……

我不予理會，轉身背對她。

「出口在這裡。我再提醒一次，要注意腳邊。要是踩到空彈殼跌倒的話，我們又要再去參觀一次救護科了。」

「好的……那麼遠山大人。你的工作好像做完了，我有件事情想告訴你。」

「什麼啊？」

「老實說，昨晚出現了有關遠山大人的『神託』。星伽巫女在義務上，必須在一天之內傳達給你——或許有點突然，不過我現在就要告訴你。」

我聽到粉雪十分不悅的聲音，轉過頭來。

「『神託』……？喔，占卜嗎。什麼東西啊，如果是可怕的事情，妳可以不用說沒關係。」

「不是。是吉兆的一種。」

似乎是什麼羞於啟齒的事情，粉雪稍微挪開了視線——

「有人會向遠山大人納采。就在這個月內。」

納……納采？

是指……求婚嗎？這、這太突然了。應該說……

「是、是誰啊？」

我腦中浮現出兩、三個可能會做出那種傻事的女性面孔。

「我不知道。不過絕對不是姊姊，這點我能肯定。」

其中一個面孔在腦中消失了。

「妳不知道……妳……太不負責任了吧。不對，是更之前的問題。法律上要滿十八歲才能結婚吧。妳的『神託』不準。」

「……不準？你、你瞧不起我嗎！」

我冷淡以對。粉雪剛才的神經質立刻復發，朝我逼近。

「我的『神託』雖然比不上姊姊的『占卦』——不過很準的！我還曾經用書狀向內閣總理大臣進言過！現在我好心告訴你……你不能懷疑！」

粉雪吊起的眼角如利刃，並把手放到夏季毛衣的肚臍附近。

從她手部的動作我看得出來……她好像抓住了短刀之類的刀鞘。

看來對星伽巫女而言，占卜受人質疑會極度傷害到她們的自尊心。

「喂、喂！粉雪。妳別那麼生氣。話說腳邊——」

我的提醒慢了一步。

粉雪踩到地上點五零麥格農的大型空彈殼——

「——呀！」

一隻腳整個向後滑，往前朝我倒了過來。

危險！

總之不要讓那把短刀誤傷人！

我用右手壓住粉雪從衣服下襬抽出的守護刀刀柄……砰咚！

兩人扭動身體，當場倒地。

粉雪因為倒地的勁頭過猛而墊在下方。我左手抱住她的腰，讓自己的鐵頭先撞上地板……好不容易才沒讓委託人受傷。

我按住昏眩的腦袋坐起上半身……

發現自己的手抓住了粉雪暗藏——她果然有帶刀——的守護刀，刀鞘上有金蒔繪裝飾。

「………！」

短刀被抓住沒傷到人，可是我的視野中——

這、這算是另一種事故了……！

我的手拿著短刀——把粉雪的夏季毛衣和短衫往上扯，金蒔繪的短刀整個跑了出來！

她的胸罩因而暴露在我的眼下。白底粉綠色的刺繡胸罩，意外地時髦。

「！」

我慌忙閉上眼，起身離開粉雪。

冷、冷靜下來，金次……不要爆發啊……！

你才剛決定爆發模式要自律吧。應該說，在這種純潔無垢的國中生面前，要是進到那種模式——可能會在她心中留下一生無法抹滅的創傷！

我大口深呼吸好幾次，讓心情逐漸平靜。

好像……不要緊了。

多虧對方小我三歲，我才能九死一生。

我對比自己小的人沒興趣。這就跟平賀同學很難讓我爆發一樣。

「………」

我的下方異常安靜，於是我瞇眼確認情況……

粉雪維持跌倒時的姿勢，完全僵住了。

她的雙眼圓睜，眼睛連眨都沒眨呢。

黑色的眼眸完全失去了光彩，像上了層霧一樣混濁。

她動也不動如蠟人偶……我很難出聲叫她。

所以我決定暫時靜觀其變。接著她一個抽動。

嗚喔！動了。

抽動！抽動抽動！

粉雪就像受到AED的電擊一樣，抖動著身體。（註9）

可是她還是雙眼圓睜看著半空中。

好……好可怕！

「……啊，那個啊……我先跟妳說喔，我是為了壓住妳的刀……」

說藉口要趁早，免得為時已晚。

我想起父親的格言，因為這讓人些許發寒的景象而後退，一邊試著和她搭話。

「——！」

只見粉雪啪一聲！

雙腳高舉，瞬間抱住兩膝往後一滾。

接著滾滾滾滾！有如一隻逃跑的犰狳（？）滾到了走廊遙遠的另一頭，似乎是想和我拉開距離。

鏗！粉雪的後腦撞上走廊邊端的牆壁，發出連這裡都聽得見的聲響，一陣痛苦掙扎後……站了起來。

「遠、遠、遠山大人低級透了！低級不純潔！現在我打從心底明白了！被遠山大人非禮後我明白了！武偵果然很陰險，武偵高中是萬惡的巢穴！我會向星伽建議，要姊

9　AED為Automated External Defibrillator的縮寫，中文翻譯為自動體外電擊去顫器。用於治療突發性的心室顫動。

姊盡早回去！」

她在二十公尺遠處，拔出守護刀揮舞叫喊。

遠遠看來，她的夏季毛衣和短衫在不知不覺間已經整理好了。

「你、你從今以後不准再靠近我！靠近我我就刺你！亂刀刺死你，然後丑時參拜詛咒你！我會拿五寸釘亂射稻草人偶！用工業用的打釘機！」

用刀刺死我之後才做稻草人，這順序好像有點奇怪……

我聽說星伽巫女的稻草人真的可以咒殺別人，於是這裡我連點了好幾次頭，表示我已經知道了。

——抱歉，白雪，妳可能真的會被帶回星伽去。

（這世上沒有輕鬆的工作啊……）

我結束任務後如此心想，用電子郵件把報告寄到教務科……接著待在電腦前著手找下一份工作。

值得一提的是，粉雪回來之後洗了十次左右的澡。

「別這樣用我這邊的水，水費可不是免錢的。」我在第五次左右如此抱怨，結果她在浴室內用尖銳的聲音回嘴說：「我被遠山大人玷汙了所以要淨身！遠山大人你自找的！」我是什麼詛咒人的道具嗎。

隨便啦。反正粉雪好像明天就要回星伽了，就隨她高興吧。

「小金、粉雪，我回來了。抱歉我回來晚了。」

如此這般之際，白雪拿著一堆晚餐材料回來了。

「姊姊，歡迎回來！」

粉雪把巫女服穿回洗得亮晶晶的身體上，就像一枚附有誘導裝置的刺針飛彈一樣，衝上前抱住白雪。

並把臉整個埋進白雪的胸口，從胸間抬頭看白雪。表情鬆弛、撒嬌到了極點。一臉超、超幸福的笑容。我們獨處的時候，她連笑都沒笑過。

（話說這種雙重人格的模樣……我好像在哪裡看過喔……？）

這樣一想，這種態度的切換方式，就跟白雪對亞莉亞和我的時候一樣。

白雪和粉雪雖然沒有血緣關係，不過是遠房親戚。這就叫血濃於水啊。

另一方面，「粉雪真的很黏姊姊呢。」白雪則摸著粉雪的頭說。白雪，妳要小心。我對那方面的事情不清楚，所以沒有確切的證據。不過我覺得粉雪的熱情，已經超越普通的黏姊姊和姊妹愛了。

愛有很多種形式啦，我也沒有歧視的打算。

就別想太多吧。太危險了。以爆發模式的層面來說。

我進入——爆發模式了。

不過，這不是因為星伽姊妹引發了我對女女的遐想。

……事情的經過如下。

首先，粉雪一直講不聽，說八點前不就寢是不純潔的行為……我無可奈何只好在晚餐後馬上進寢室，在雙層床的下鋪閒得發慌。

我只要想睡幾點都能睡，於是在八點前先淺睡了一會……

後來聽見起居室傳來爭執聲，而半醒了過來。

「——所以……姊姊……沒辦法對遠山大人死心嗎？總有一天神崎亞莉亞會因為緋……死……這些姊姊都知道……！」「注意妳的……粉雪。有些話能說有些話……我沒有希望她死……但是……那……」「……我說過頭了。可是……緋彈總有一天會破滅——」

我睡昏了頭，聽不清楚她們說話的內容，兩姊妹似乎在吵架……不過很快就和好了……

最後她們感情很好地來到寢室，鑽進雙層床的上鋪。

白雪被迫擠在這張窄床上睡覺真是可憐啊，我如此心想的同時又開始打盹……到了晚上九點左右……

我夢見白天在強襲科推倒粉雪時的場景。

那時候我應該在第一時間就閉上了雙眼，可是記憶是一種很可怕的東西。

而且不知為何，被我推倒的人從粉雪變成了白雪。

她還穿著那件成熟的黑色胸罩。

——那樣讓我出局了。

不過應該說是不幸中的大幸嗎，這種爆發在我的分類中叫作「夢境爆發」——是爆發模式中算比較安全的類別。

因為這是在床上獨處時進入的爆發模式，而不是在女生面前。換句話說，這個模式只要我暫時安靜下來，就可以當作「沒發生過」。

因此我雙手抱胸，帶著一顆派不上用場的清醒腦袋，雙眼閉上。

夢境——有時會讓人類壓抑的潛意識具體化。

那麼，我這次的夢是什麼意思呢？

爆發模式下的腦袋要分析這個**問題**，也有點困難。

（………）

接著，我注意到另一個**問題**。一個有點嚴重的問題。

白雪好像睡得很熟。

可是粉雪卻不在。

我聽不見她睡覺的呼吸聲，也感覺不到氣息。

她趁我在夢魘時，從雙層床的上鋪消失了。

我很想避免在爆發模式的狀態下行動，可是現在的我會以女性的安全為第一考量。她跑哪去了，這邊我身為一個長輩應該去找她吧。

於是……我像個間諜般，無聲地離開床鋪。

當我正想去找人時，馬上就找到了粉雪。

應該說，她人還在家裡。

這裡原本是四人房，所以除了起居室和寢室外，還有四人份的小房間。其中一間是我房間，還有一間被亞莉亞擅自占為己有，其他則是空房。

其中一間空房，傳來了疑似粉雪的氣息。

（……？）

這種像在窺探少女秘密的事情，讓我提不起勁……可是粉雪一直逼我們早點上床，自己卻在晚上偷偷行動，有可能是出了什麼麻煩不能和我們說。

我在心中小小賠個不是後，在小房間附近豎耳聆聽。

「……拿、拿出勇氣來。機會……只有今晚而已，加油。」

裡頭傳來粉雪表明決心的聲音。

她的腳步聲接近門的方向，好像要出來的樣子。

我利用強襲科學到的躡腳走法，抑制住腳步聲走到另一間空房。

接著從鑰匙孔，悄悄窺視走廊的情況後……

（……哈哈……）

隨即在心中發出了苦笑。

因為悄悄離開小房間的粉雪，打扮得很**時髦**。

她的下半身是流行的蛋糕裙，上半身是略微成熟U領半袖衫，配上丹寧布腰帶，再以大大的金屬網眼皮帶扣定型。

整體來說……感覺有點勉強，像是在模仿流行雜誌上的造型。那種以女子高中生為讀者群的雜誌。

粉雪用說不上是高明的躡手躡腳，穿過走廊時絆到腳跌了一跤。跌倒的聲響讓她驚慌，化著淡妝的臉蛋不安地轉頭看了寢室的方向。

隨後，她稍微屏氣後，像在爬行一樣又開始移動……

接著穿上拿在手中、造型也很時尚的帶花涼鞋。

喀嚓！

輕聲開啟門後，離開了家中。

我立刻換上制服，以從偵探科學到的跟蹤術追尋粉雪。

粉雪連買個票都要問路過的武偵高中女生，深閨大小姐的模樣表露無遺，不過還是設法坐上了單軌電車。

我也跟了上去，免得被她看見。到了台場的粉雪，拿著貼了許多便條紙的城市旅遊書，以些許緊張的步伐朝街上走去。

我躲在暗處一看，粉雪正開心地仰望燦爛奪目的維也納城堡。那是以女性為客群的綜合型購物中心。

其閃爍的眼神，不輸給那裡的燈光照明。

（啊啊……）

到這裡我明白了。

粉雪**很想來街上看看**。

星伽的巫女不能離開神社和學校，可說是被老家逼著要過「籠中鳥」般的生活。

白雪很怕外面的世界；而性格不同的粉雪，反而對外頭感到憧憬吧。

而且她看電視時，也很注意連續劇中購物的場景。

（機會只有今晚嗎……）

平常那樣繃緊神經，很堅持自己傳統星伽巫女身分的粉雪。

偶爾也會想出外遊玩，放鬆一下吧。

我弄清楚她的目的，其實現在已經可以回去了——不過那孩子還是國中生，而且是一個至今都住在星伽的**鄉下人**。

在暗處稍微保護她一下吧。以防萬一。

最近維也納城堡為了對抗不景氣，也開始營業到深夜。粉雪在裡頭到處走，腳步如同身處夢境之國。

剛開始她只看不買，不過在買了一個看似高級的音樂盒後，她似乎是卯起了勁頭……纖細玉手上提的商店紙袋逐漸增加。星伽神社算是滿富裕的神社，粉雪的預算似乎挺寬裕的。

雜貨店、鞋店，然後是洋裝店。粉雪專挑只有女性店員的店家，在美女店員們的圍繞下臉頰略微泛紅——但卻是打從心底露出了幸福的笑容。

仔細想想她還是國中生，這種散財方式讓我覺得有點不安……可是看到她長年夢想實現後露出的笑容，我實在沒心情去妨礙她。

這邊就先在遠處守護她吧。

最後，粉雪的雙手終於提不動五顏六色的紙袋……

走進了一家有點新潮的露天咖啡店，似乎想休息片刻。

我也進到咖啡店，只點了一杯黑咖啡，接著繼續隨扈的工作。

我從觀葉植物後方一看，粉雪目光閃爍地看著像座小城堡的聖代，接著大口吃起，露出了一個酥軟的笑容……並用雙手按住臉頰。

哈哈！真可愛啊。

她平常總是繃緊神經，不過她其實只是一個國中生，所以才會有那樣的表情啊。

粉雪像是突然想到一樣，拿出手機拍照。我瞄了她一眼，輕輕翹起腳來享受夜晚的哥斯大黎加咖啡。

粉雪不停瞄著手腕內側的手錶，同時離開了維也納城堡。

她似乎準備搭末班電車回去。

她的足跡經過自由女神，似乎想繞過日航飯店到台場車站。她走的路沒什麼路人，可要特別小心啊。（註10）

即將迎接秋季的東京晚風，已帶有些許的涼意。

粉雪站在帶有潮水味的風中，任憑烏黑的半長髮隨風飄動，一臉不捨地凝視著眉月淡光下的東京夜景。

剛才我還覺得她是個孩子……

可是這佇立在夜晚街道上的身影，看起來有點成熟呢。

粉雪五官秀麗，長大後應該會像白雪一樣變成日本美女吧。

10　台場有一尊自由女神像，是法國公認的複製品。

我好像早一步看見她變成熟的模樣，似乎有點賺到呢。

爆發模式尚未解除的我，露出苦笑的同時——

「晚安！妳買好多東西耶。」

有幾位年輕男子，從公園方向朝粉雪走了過來。

「咦？妳該不會一個人吧？長這麼可愛真是浪費啊。」

打扮嬉皮的男性們，笑著笑著立刻就圍住了不停後退的粉雪。

照我的觀察……他們像是大學生。人數是……四個人嗎？

「喔！這不是Max&Co.的袋子嗎。腰帶還是Damier的，妳該不會有錢人家的小姐吧？」

「Lucky！能不能借我們錢啊？」

「順便也把自己借給我們吧？」

男性們一陣爆笑，慢慢縮小了包圍粉雪的圈圈。

粉雪的表情堅決，朝左右或後方轉頭——但卻無路可逃，所以待在原地無法動彈。

「退、退下。星伽的巫女不會接受惡徒的威迫！」

粉雪眼角上翹的雙眼一瞪，原本吊兒郎當的大學生們——

態度立刻驟變。

「嗄？」

「說中文啦，小鬼！」

「扒妳衣服喔，媽的！」

手槍——

我看到其中一人從屁股口袋掏出手槍，感到有點頭痛。

最近連小混混都稱不上的傢伙們，手上也會有那種東西啊。

那是五一式手槍，是中國仿造舊蘇聯的托卡列夫製造而成的劣質手槍。

「……！」

粉雪放下雙手的紙袋，瞬間摸了一下自己的懷中好像在找什麼……可是這套時髦的衣服裡，沒有白天的守護刀。

當粉雪看見剩下的三人，也拿出了小刀和電擊槍時，剛強的臉龐終於扭曲變形，當場蹲坐在地。

「……姊……姊姊……救我……」

啊啊！

她哭了呢。

真沒辦法。似乎輪到我出場了。

「——喂！你們。想要錢的話就去打工啦。」

我把自己也缺錢的事情束之高閣，以最簡單明瞭的方式現身。

粉雪聽到我的聲音回頭，淚眼驚訝圓睜。哎呀！待會再讓我解釋吧。

「你是什麼東西！滾！」

不良學生注意到我後，立刻拿槍指了過來。我苦笑回應。

我是有帶槍沒錯，不過要是為了這些傢伙拔槍，我的貝瑞塔實在太可憐了。

這邊就想辦法動口解決吧。

「——三•二%。」

「嗄？」

「外行人要在九公尺半——這種交戰距離下，完全命中對方的機率。照我看你現在好像很亢奮，這樣機率又更低了。」

我說完，剩下的三人也面向我，喔喔！朝我猛瞪耶。好可怕、好可怕。

不過，恐怖的程度只有綴和蘭豹老師的百分之一左右吧。

「你是怎樣……」

「我是武偵高中的學生。」

我用下巴示意學園島的方向，照著平常的腳步朝男性們靠近。

他們看了武偵高中的方向後面面相覷，似乎知道我是武偵了。

因為我們學校，不管是好是壞都很有名呢。

「喂、喂！開槍射他。你有射過人吧？」

拿槍的男人把槍丟給了另一位同伴。

「啊，呃，那是我掰的……」

「好了快開槍！那傢伙是武偵耶！要先下手為強吧！」

「你開槍啊！這是你的槍吧！還要我先下手為強勒！」

這群學生們好像沒開過槍，彼此在對罵。

話說回來，把先下手為強這幾個字說出口，就算不上是先下手為強啦。

「手槍不要用丟的，要在腳邊用滑地交給對方。因為有走火的危險。特別是五一式手槍，它連安全裝置都沒有呢。」

我說著說著，最後走到了持槍者的正前方。

而他們四人只是把武器對準我，沒有攻過來。

……該怎麼辦才好呢。

對方這麼鱉腳，我反而想不到辦法啊。

「…………」

我沒辦法，只好握住仿托卡列夫的滑套……手指塞進扳機護弓的內側。像在玩掰手指一樣，按住了對方的食指，先讓他無法開槍。

接著把他的手腕朝外側一扭，輕鬆就把槍拿到手。你的握力也太弱了吧。

「啊……槍、槍送你。你可不要從後面開槍喔。」

一開始拿槍的傢伙說完往後一退，彷彿這是信號……

四人便狂奔逃離了現場。

腳底抹油的速度之快，是這種貨色的特徵。眼看他們一個個消失在公園的另一頭。

……這種東西我才不要勒。我拿著泛黑光的手槍，只有嘆息的份。

「遠、遠山大人……」

蹲坐在腳邊的粉雪，抬頭看我後……

啪！

立刻當場下跪，動作和白雪一模一樣。

她因為罪惡感的緣故，背部小小顫抖。

「……這、這件事情請你務、務必對星伽保密……！」

我以為她會氣我跟蹤她，沒想到她反而向我道歉。

我把上了保險的貝瑞塔收到內側口袋，五一式則收到槍套中。

接著單膝跪地，輕撫粉雪如絲線的頭髮。

「別、別跟任何人說……！」粉雪淚珠奪眶抬頭看著我，表情似乎不敢再夜遊了。

「嗯，我不會說的。」

「真、真的嗎……？」

「對。今晚的事情是我們兩個人的秘密。」

爆發模式下的我說完，露出了微笑以讓粉雪安心。

粉雪看到我這樣……

……轟！

雪白的雙頰染成了粉紅色，愣了一會後——沉默地點頭回應。

我撿起粉雪掉落的紙袋，拿在手中。

「——我送妳回去吧。」

粉雪面紅耳赤，低著頭站了起來，自己也拿了一個紙袋……乖乖地往我身後靠。白天她原本還命令我，要我不准靠近她。

……好了，這樣可以嗎？

我若無其事地——對穿著巫女服站在電線桿上的**白雪**，使了一個眼色。

沒錯。

白雪也注意到粉雪在半夜外出……一直在遠方守護著她。從粉雪進露天咖啡店的時候開始吧。

粉雪感覺已經深深反省了，跟在我身後沒注意到白雪。

妳有一個好姊姊呢，粉雪。我在心中呢喃。

白雪和我對上眼後露出苦笑，小小地雙手合十。

感覺像是在說：「抱歉呢，小金。」

隔天，有一位自稱是星伽駕駛的絕色美女，來到了我的房間。

我俯望宿舍的停車處，看到一輛很扯的加長型禮車停在那裡。

星伽……真凱呢。

粉雪已經打包好準備打道回府，把比來訪時還要大上許多的包袱交給駕駛——接著在玄關，將大拇指、食指、中指按在地上，規矩地向我和白雪正坐行禮。

「逗留中，一切都受到兩位的照顧了。遠山大人，姊姊，請多保重……」

果、果然是如詩如畫啊。日本美女穿著巫女裝，畢恭畢敬的模樣……

爆發模式解除的我畏畏縮縮，只簡單地回答說：「嗯，粉雪妳也保重啊。」不過這樣就結束似乎不太好……所以我決定目送她上車。

粉雪走出電梯後，微妙地改變走路的速度，靠近我的身邊，

「遠山大人。」

她開口沒有直視我，臉頰略泛紅光。

「……什麼事？」

「謝謝……你。」

她似乎以為走在前方的白雪，還不知道昨晚的事情——

說話的方式和剛到這裡時一樣，有點傲傲的。

不過包含這點在內，年紀比我小的女生實在很可愛啊。

「還有一件事情……我想向你道歉。」

「道歉……？」

「對。我說了侮辱武偵高中和武偵的話。」

「喔、喔喔。」

沒差啦，那種事情妳沒必要道歉。

因為武偵這個工作，在社會上還沒受到正確的認識。

「可是，那個……昨天晚上，我的想法改變了。雖然我還沒辦法喜歡它……可是現在的社會，或許還是需要那種工作吧。」

「……是嗎。哎呀，等妳想的話再來參觀學校吧。」

然後讓我賺那○・三學分。

「好的。我還會再來。下次會是真的『參觀學校』。」

「『真的』……？」

「對。姊姊最後還是說她不想回星伽，所以我**反過來想想**，既然這樣只要我來這裡，不就可以跟姊姊在一起了嗎。」

粉雪說。我的臉頰整個緊繃，轉頭看她……接著我第一次……

第一次看見粉雪，對我露出笑容。

「今後也請多多指教了。遠山大人。」

是的，她的笑容——

宛如空中飛舞落下的粉雪般，嬌柔可愛。

Reload For The NEXT!!!

再次裝彈2　馬賽大迴旋

八月二十五號。粉雪回星伽的隔天——

白雪說要去水田鎮的日枝神社，剛離開家門後，門鈴馬上就響起。

我打開ＰＣ，正想找能變成學分的工作，

「怎麼了，白雪。妳忘了東西嗎？」

一個不小心便打開了門——接著立刻嗚了一聲。

站在門外的人是……

「——粗暴理子的姿勢！」

穿著輕飄飄改造制服、雙手像鶴一樣張開、單腳高舉的人是——

峰・理子・羅蘋４世！

「………」

她沒戴心形眼帶呢。佩特拉的詛咒似乎解除了。

可是，我該如何反應才好呢。對這個叫什麼理子的姿勢。

我陷入沉默後，

「……我看到教務科的公布欄了！欽欽糟糕了！吊車尾的面臨留級危機！」

理子放下那如中國武術般的姿勢，穿過我的側腹闖入室內。

「喂、喂！」

接著在玄關脫掉腳下的紅色小鞋子一扔，答答答！蹬！

像在跳箱一樣越過沙發的椅背，坐了下來。

「所以，理理把全學科共通、可以變成學分的任務送過來了！」

接著她打開電視，從背在身上的紅色小學生書包中拿出一片謎樣的ＤＶＤ，像在玩飛盤似地一丟。

咻！光碟漂亮地丟進了ＤＶＤ播放機的放入口。

她、她的手還是一樣巧啊。

可是，那片ＤＶＤ是什麼。該不會是什麼猥褻物品吧？就跟武藤珍藏的光碟一樣。

我小心戒備……結果電視上出現的是國外職業足球的影像。

「任務……？」

我有很多事情想和理子聊……不過現在升級比較要緊。

而且別看理子這樣，她可是一個十分擅長收集情報的大怪盜。

或許真的有好工作喔。

理子從紅色書包中拿出一盒ＰＯＣＫＹ，雙眼皮大眼瞇起微笑。

「嗯呵！你看你看，欽欽！」

嗚！她移動到我身邊來了。

我故意坐在離她最遠的沙發上呢。

她蓬鬆的頭髮發出香草般的甜美香味，很有理子的味道。討厭啊。

「這個，就在剛才武偵高中的校內網路上，出現了一個緊急委託。委託人是東京武偵高中。內容是：『本校將足球社全體人員處以停學處分，故徵求十一位代打選手，參加全國高中足球錦標賽第二次預賽』！」

理子把身體傾向我，我避開她拿出手機……

上頭真的有那個網站呢。

「聽說足球社非法製造達姆彈，所以全部的人都被停學兩個禮拜。」

「真是只有武偵高中才會有的可怕理由啊……」

「你看這裡，代打出場如果贏的話有一．二學分；輸了也有〇．六學分呢！」

喔喔……！

我還差〇．七學分。贏的話就能一口氣過關了。

而且這個任務簡單來說，就是參加足球比賽。太像平凡的高中生了。

對逐漸脫離普通社會的我來說，也是一個不錯的復健治療。

「好……我接了。反正也沒有其他的好工作。」

「太好了！」

理子從盒中拿出一根POCKY，當場一個大跳躍，砰！

在沙發上隨意跪坐好後，

「那欽欽，你要獎勵我帶工作來給你，跟我玩POCKY遊戲。」

「POCKY遊戲……？那是啥啊？」

我問完，理子叼著那根POCKY閉上眼睛……

「嗯！」

把尖端朝我伸來。

妳是……要我也叼著嗎？

然後從兩頭一起吃嗎？

妳白痴啊！

我用掌底一推，把POCKY刺進理子的喉嚨深處，再次轉身看DVD。

嗯……這好像是往年的法國足球選手：席丹的精彩動作集。

影像有點舊，不過他的腳下功夫簡直是神乎其技。這傢伙也是超人啊。

超人我最近已經看習慣了就是。

「咳咳！欽、欽欽好過分喔！這是暴力！情侶暴力！（註11）」

11　有別於家庭暴力，非同居或同居男女朋友間的暴力稱為：情侶暴力（DATE　DV）

理子不停咳嗽，橫躺到我的膝蓋上……

「嗚～」

嘟嘴呻吟。

「我不要！」

「什麼啊……」

「不要不要！不給我獎勵我不要！不要不要不要不～～要～～！」

啪啪啪！

理子仰躺在我膝上，手腳拍打了起來。

這、這種動作，根本和小鬼沒兩樣嘛。

「你要是不給我獎勵，我就馬上找十一個人來把這個任務搶走喔！一定是理子先找到十一個人！理子有很多朋友！欽欽的朋友很少！」

說我朋友很少！竟然講得這麼白。

不過……是比班上的紅人理子還少沒錯，這邊惹理子生氣看來並非上策。

依這傢伙的個性，可能真的會把工作搶走故意整我。

「我、我知道了。別像個撒嬌的小孩一樣亂敲亂打的。除了ＰＯＣＫＹ遊戲以外要什麼妳說吧。」

我不得已說完，

「那就做欽欽想做的事情就好，和理子做**好玩的事情**吧。」

理子抓住我的衣服像隻呼嚕嚕的貓，用頭在我的腹部磨蹭。

……來了。

來了來了來了。理子的貼近。

自弗拉德事件以來，理子對我就像普通的女生一樣——一直保持某種程度的距離……可是女人心海底針。女人的心情千變難測。

可是這樣態度驟變好像也有點奇怪……不過她是理子嘛。去思考理由只是浪費時間吧。

我把臉挪開理子，逃到沙發的角落。

可是理子抓著我的衣服蹭了過來。啊啊！麻煩死了。

「我說欽欽，你和亞莉亞，關係進展得順利嗎？」

理子仰躺在長沙發上，突然丟出一個奇怪的問題。

「不是很順利對吧……？這一點小雪也注意到了。話說亞莉亞一直都不在武偵高中，每天在外頭忙碌奔跑……所以你們連郵件都沒傳吧？」

「那種事情……跟妳沒關係吧。」

我被她說中，態度變得有些冷淡。「呵呵呵！」理子在我的膝蓋上露出笑容，「真是麻煩啊。」獨語了莫名其妙的話。

實際上，我入院之後就沒見過亞莉亞。

出院的事情我有用郵件通知她了，可是她沒有回信。

那傢伙不太常用郵件，所以這也不奇怪啦……

不過，總覺得她最近異常地冷淡呢。

她會不會又一個人扛著難以向我啟齒的事情呢。

「嘿！現在亞莉亞和小雪都不在，所以你好好疼愛理子吧。你不管做什麼，我都不會要你負責的。就像昨天晚上那樣，對我激烈一點……」

什……什麼昨天晚上啊！完全沒印象的我，正想回頭時——

脖子從反方向被人緊緊一扭。

因為有人在背後扯我的耳朵。

好痛！是、是誰！

「喔——！我稍微野放一下馬上就變成那樣了嗎？你這個笨奴隸！」

我的耳朵被人往上猛扯，耳邊又聽見有人在大叫，忍不住抬起頭來——

「亞、亞莉亞！」

穿著制服的神崎・H・亞莉亞大人，雙腳與肩同寬站在那裡。

她看起來滿臉通紅，緊咬著犬齒發出軋軋聲響。

「妳、妳什麼時候回來的，好、好痛。耳、耳朵！這樣會被妳扯掉吧！」

「就在理子剛才說不要不要的時候。喔——！**昨天晚上**，金次趁我不注意的時候做了那種事情啊。哎呀！這也沒辦法嘛。因為理子很可愛嘛。」

亞莉亞的紅紫色眼珠露出凶光，從三公分左右的距離瞪著我的雙眼。

光、光是這個眼神，我就快死在她手上了。

「可是我之前說過吧？第一次我就原諒你，你不准再跟理子亂來。那個時候你沒聽見嗎？對。沒聽見吧。既然耳朵聽不見，那就不—要—了—吧！」

扭扭扭！

亞莉亞更加扭緊我的耳朵往上拉，我被迫站了起來。

「耳、耳朵！真的會被扯掉！住手亞莉亞！等一下我又要住院了！」

「喔喔！亞莉亞，占有慾表露無遺呢！啊哈哈！」

理子高興地拍手笑道。

妳不是這樣的吧，快制止她這種傷害行為！

因為妳的實力和亞莉亞旗鼓相當！

「占、占占有慾？不對！這是為了懲罰忠誠心過低的奴隸！」

亞莉亞終於鬆手，彎下腰瞪著像公主般坐在沙發上的理子。

「嗯呵！亞莉亞喜歡欽欽吧。」

「為——為什麼會變成這樣！」

「咦?就是喜歡才會想欺負啊。」

理子獰笑。亞莉亞轟轟轟轟!

紅臉癖的等級,不知為何又更上一層樓了。

原、原來如此。

理子注意到亞莉亞回來了……所以故意像撒嬌的小孩一樣騷動,瞞過我的耳朵……然後又突然纏了過來。**為了讓亞莉亞生氣**。

妳們兩個的關係是有多糟啊。

福爾摩斯和羅蘋的曾孫們,關係會水火不容這點我也不是不了解啦。

才不是勒,我絕對絕對不是因為喜歡他!亞莉亞輕而易舉就中了激將法,更加朝獰笑的理子逼近。

應該說,她們已經近到額頭碰額頭、鼻子碰鼻子了……可以靠那麼近嗎?這樣可以嗎?亞莉亞。

理子朝亞莉亞的臉頰,小小親一下停住她的動作後——

緊抱住我的左臂——她的手從剛才一直抓著我的衣袖——朝亞莉亞做了一個鬼臉。

「喂!離我遠一點……!」

我想推開理子,但她頭上的兩撮頭髮卻動了起來,把我的背拉了過去。

我、我叫妳住手啊!

從鬼武偵亞莉亞的角度看起來，就像是我抱住妳一樣吧！

理子的頭髮像蛇一樣從背後繞了過來……操縱我的右手對亞莉亞比了個YA。

阿彌陀佛。

「你～～們～～～～～！金次！理子！」

亞莉亞就像玩具被搶走的幼兒，滿臉通紅地撲了過來。

然後抱住了我的右手——衝上來的勁頭就快折斷我手指——意氣用事地猛拉。

理子露出**裏理子**的獰笑，也從另一邊——左邊開始拉我。

「——沒錯，亞莉亞，我在妳面前都這樣教妳了——妳就跟金次再親密一點。我想打倒的亞莉亞，是能夠發揮出真正實力的亞莉亞。所以妳跟金次再黏緊一點，就像初代福爾摩斯和華生一樣感情好一點。雖然是不同的『感情好』啦。呵呵！嗯呵呵！」

「喂、喂！妳們兩個都住手！我會被……分屍吧！」

事到如今，理子的企圖怎麼樣都好。

繼續這樣下去，我別說是耳朵，整個身體都會被撕成兩半！

「別說這些莫名其妙的話，快放開他！」

啪！

亞莉亞抱著我的手，穿著黑色過膝襪的腳，朝理子的脛骨一個下段踢。

「嗯呵！要玩會痛的，理子其實也OK呢！」

理子露出讓人背脊發寒的笑容，也跟著啪！

穿著白色短襪——上頭有顆類似櫻桃的裝飾品——的腳，也用下段踢回敬亞莉亞。

「好痛！妳這～～～笨蛋理子！」

亞莉亞朝理子猛然一踢，理子也露出笑容還以銳利的踢擊。

連球棒都會彎曲的銳利踢擊，你來我往。

這兩個傢伙，有一雙好腿呢。

這種腳力。理當也能應用在足球上……！

我心想。很可悲的是，這種戰鬥場景我已經習以為常了。

足球只有一個人是行不通的，這點自然不在話下。

我既然已經寄郵件給教務科接下這個任務，就必須湊齊隊友才行。

因此我在那之後花了一天的時間，打電話、寄郵件或是直接拜訪有空的朋友，把他們召集過來。以第二學期不管什麼任務，我都免費奉陪為報酬。

我在網路上確認規則，少一個人似乎還可以。足球通常是十一個人上場，最少也要有十個人。我又仔細看了細則，因為這是男女平等教育的一環，所以隊伍中可以有女性。這點真是幸運啊。

於是隔天早上。

蟬聲響徹的第二操場上，聚集了十位熱血沸騰的球員。

不對，大家沒有準時到齊。我在這個時間點上，已經感到不安了。

首先是我，因為最有幹勁——說是「必須要有」比較恰當——所以位置是最前面的ＦＷ。也算兼任隊長。

亞莉亞以監視理子為由參賽。她非常好戰，所以也是攻擊手ＦＷ。

提議參賽的理子……好像是受到了某動畫的影響堅持要當ＧＫ，先不管適不適合，總之就先讓她當ＧＫ了。

還有蕾姬。這傢伙雙手抱膝坐在狙擊科大樓的屋頂上，所以我拉她進來了。我試著讓她踢球，結果她可以無限踢球不落地，而且傳球又準得亂七八糟。靈巧的模樣，最適合當連繫中場的ＭＦ。

這下可挖到寶了……！不過高興也只有一瞬間，我立刻就知道蕾姬沒有持球的能力。她愛發呆是與生俱來，所以只要稍微一攻，她腳下的球就會立刻被摸走。不過，這邊就睜一隻眼閉一隻眼吧。反正現在要湊人頭，就算她站著當裝飾品也沒差。

再來是白雪。

她從一開始就看著亞莉亞和理子，彷彿想一刀刺死她們。這讓我有一種才剛開始就會內鬨的預感，可是……問題不是出在這。

「喂！白雪。我把球滾過去妳踢一下看看。」

我說完，「好的！」她的回應是很好沒錯……可是當我把球輕輕滾到她腳邊時，

「嘿！」

等到球從身旁滾過，她才空踢一腳，還滑了一跤。

「呀！」

黑髮大幅飄逸——上頭綁了一條像白色緞帶的布——整個人朝正後方翻倒。

好像被某個看不見的人用背橋摔ＫＯ一樣，後腦先著地呢。

話說，就算球靜止不動她也會踢空。讓她跑一下，她也因為內八的關係，速度異常緩慢，而且跑沒幾步就會跌倒。虧妳這樣還能當女子排球部部長啊。

這支倉促成軍的隊伍中，其他還有……

兩位跟我有孽緣的男生，也跑來助我一臂之力。我任命高個子的武藤擔任負責防禦的ＤＦ，可是這傢伙沒有半點集中力。他只顧看著白雪的號碼衣。因為白雪的胸部太大，號碼衣的魔鬼沾連掉了好幾次。

而不知火看到我和亞莉亞在一起，不只為何滿臉笑容。聽說他國中是足球部！這可是很貴重——應該說是唯一像樣的戰力，所以我請他擔任進可攻、退可守的ＭＦ。

好了，到這邊還算是有常識的選手。

他們都穿普通的體育服和短褲，又準時抵達。

「抱歉我遲到了。我看書查了一下足球是什麼東西，稍微花了點時間。」

隨聲音現身的人，是情報科的貞德・達魯克三十世。開口第一句話就會讓人心慌慌。

貞德用紅色髮箍扣住銀色長髮，挺直腰桿站在大地上。

她的下半身竟然穿燈籠褲，修長的美腿裸露在外……！為啥啊！

「妳……妳幹麼穿成那樣啊！」

我吐槽完，貞德環視自己的裝扮滿臉問號。

「穿成這樣？你真無知呢，遠山。這是日本傳統的體育服。文獻上有記載，所以我特地向特殊搜查科的朋友借的。」

「妳是讀哪個時代的文獻啊……話說，妳之前說過未婚女性不能露腿吧。」

貞德像是只有「下半身穿泳裝」。我盡量不看她說。

「遠山。我不是無緣無故穿這種衣服的。競泳就要穿泳裝，新體操就要穿緊身衣。運動衣不管怎麼裸露，都會被當成正式服裝。」

貞德堂堂正正地回答說。看來她害羞的尺度有別於常人。

這下我也不想反駁了。

她出身於足球大國法國，我原本還稍微抱有期待，看來我是個白痴。

連同她剛才的發言來看，這傢伙好像連足球都沒看過啊。

「早安的啦！」

伴隨這獨門招呼聲出現的是……一個會讓你想說：「喂！小學生不能隨便進來。」的矮冬瓜——裝備科的平賀文同學。

她說過自己的運動神經不好，可是我基於人手不足還是把她找來了。只見她踩著幼童用腳踏車，我很想相信那看似輔助輪的東西是某種裝置。

那該不會真的是輔助輪吧。她的運動神經差到連鐵馬都不會騎嗎？

「文文！早啊！」

理子叫著平賀同學的外號——取自於她的名字——暫時中斷和亞莉亞的搶球，往她的方向跑去。

看來她們認識，應該說很麻吉。真不愧是朋友眾多的理子小姐。

「啊！理子！每次都承蒙妳惠顧了！」

平賀同學把腳踏車停在理子身旁……這像小學生的外表姑且不論，她其實是裝備科的菁英。一些連職業手槍技師都做不太到的複雜改造，她可以在位於龜有老家的蕭條工廠一邊看動畫，一邊完成。因此大家都尊敬她，句尾會加「同學」兩字。（註12）

從實力來看，她的武偵評等是十足的S級——但由於她總是天真無邪地收取遠高於市價的工資，以及天真無邪地接受非法改造，所以被評等為A級。

12　這裡的同學日文是「さん」，中文可譯詞形形色色，故統稱為同學。

平賀同學嘿一聲，笨拙地下了腳踏車後……

「啊！有蝴蝶！」

閃爍著雙眼，突然往操場外跑去。天真無邪地。

「平、平賀同學，這裡可以麻煩妳追球不要追蝴蝶嗎……！」

我的懇求，枉然地消失在風中……

「哇！」理子也回歸童心，盤球跟在眼中只有蝴蝶的平賀同學身後。

而亞莉亞在她後方，「理子！別想逃！足球是我比較厲害！」手拿著Government追了過去。

——磅磅！

「不、不要開槍，亞莉亞！在足球比賽是犯規的！」

我大喊，一邊看著像幼兒般奔跑的三人，意識瞬間模糊了。

足球要用頭錘搶奪飛來的球，所以身高是越高越好。可是她們三個……分別是一四三、一四七和一四二公分。我沒聽說過高中隊伍中，會有三個身高一五〇以下的。

「拜託妳們三個，回到操場來吧……！」

我把手伸到半空中說。可是到處亂竄的三人卻開始了奪命捉迷藏，由抓狂的亞莉亞當鬼。完全把我的指示當成了空氣。（註13）

13 奪命捉迷藏（リアル鬼ごっこ）為日本的一部電影名稱。

我身為隊長，才開始不久就快暴露出沒領導能力的一面時——

——颯！

操場上颳起了一陣旋風。沙塵中出現了……另一位少女。

「……風魔……！」

我後退一步叫出她的名字，與現身的黑髮少女四目相接。她有一對不和藹的眼睛。

諜報科一年級，風魔陽菜。

她是我們的學妹，傳說是某位知名忍者的後代。

風魔直立不動，戴著護手的雙手結印，類似長圍巾的紅布在風中飄動。如同往常，一身打扮有如漫畫中出現的忍者。

哎呀，其他地方是T恤和短褲就是了。

不過……唉唉……終於來了嗎，這個大麻煩。

不對，是我叫她來的啦。

「——風魔陽菜，即刻參上！」

……她沒在開玩笑，反而讓我很傷腦筋。

我——在神奈川武偵高中附屬國中時，曾經和這位風魔做過戰鬥訓練。

那時我剛好進入爆發模式……三兩下就擺平了發動攻擊的風魔。

在那之後，這傢伙不知為何對我異常尊敬，到最後變成了一個會叫我「師父」的傷腦筋學妹。

「師父！我長時間忙於修行，無法和你見面，心裡好寂寞啊！可是今天，我終於可以幫上師父的忙了——在下十分幸福！十分幸福啊！」

風魔飄逸著不知是馬尾還是武士頭的頭髮，單膝跪地，眼珠上轉看著我。

她的眼眸深處「轟轟轟」地冒火，充滿了幹勁。

嗚嗚！她還是一樣……看起來好熱啊。

所以我才盡可能不想用到她。

「……妳這麼想的話就不要遲到。說什麼即刻參上，妳是最晚到的喔。」

風魔被我提醒後……好像受到不小的打擊，咻！

一口氣變小了。

「十、十分抱歉……！在下昨天在家庭餐廳修行到很晚……所以早上起不來。」

附帶一提，這傢伙說的修行通常都是打工的意思。

風魔的家境清寒，是一位連學費都會拖欠的赤貧少女。

「沒關係。那風魔，妳用那顆球射門看看。」

我手指著操場上的球……

「……射門，嗎？嗯？」

風魔歪頭不解。

接著偷瞄了我一眼，露出：「是這樣嗎？」的表情……

並拿出卍字手裏劍。

這個也是那個也是……為啥大家馬上就會動刀動槍的啊！

「不是用武器！足球嚴禁武裝！是用腳踢啊！」

我沒收手裏劍推了風魔的背，她走到球的旁邊……

想把球踢到我這裡來。

她果然和貞德一樣，不知道足球是什麼碗糕。

「是那邊！球門裡面！把球踢過去1」

我拚命下指示，只見風魔開口說了聲「忍！」後，終於重新面向球門……

像花式溜冰一樣把腳高高舉起……

咕嚕！

嗯……？

好像有個奇怪的聲音。

我皺眉。只見風魔癱軟地把腳放下……

直接趴在球上，屁股高舉。

「喂、喂！」

這樣子很奇怪，於是我走近一看，發現她的雙眼正在打轉。

怎、怎麼回事？

「……師、師父……任、任務開始之前，請給我一點兵糧……」

「兵糧……？妳是說吃的嗎？」

「其、其實我已經有兩天左右沒吃東西了……」

咕嚕！

風魔又發出了怪聲，紅著臉按住肚子。

看來那是肚子裡的蟲在叫啊。

「……炒、麵、麵包……」

風魔丟下這句話後，力氣用盡。妳連球都還沒踢呢。

看到她這樣……我也內心受挫。

我、亞莉亞、理子、蕾姬、白雪、武藤、不知火、貞德、平賀同學和風魔。

我好不容易才湊齊所需的十個人，可是幾乎算不上是戰力啊。

這樣真的贏得了嗎——應該說，這樣真的能踢足球嗎？

比賽是八月三十號。幾乎是暑假的最後一天。

要是贏不了我就得留級。

這次我真的是——窮途末路了嗎？

到頭來，我們連做個像樣的練習都無法，比賽的日子就到了。

普通高中：港南體育高中的隊伍，帶著一群誇張的女子啦啦隊入場……看……看起來好強啊。

這也是當然的。港南這群傢伙是一支**勁旅**，是去年都大會的優勝隊伍。而且聽說還是擅長粗野比賽的**凶暴**隊伍。（註14）

他們在先前的第一次預賽，把對方三名選手送進了醫院，並以四比〇完封得勝。

「喂喂。這群人是怎樣。都是可愛的妹妹耶？」

「看來這樣有比賽的價值了。」

「Sim vamos meninas isca.（嗯。好好疼愛這群小姐吧。）」

港南選手穿著統一的球衣，嘻皮笑臉地環視我們。他們全都是男生……這也就算了，體格也很好。是正牌的十一位熱血沸騰的球員。

話說是怎樣？裡面有一位很明顯是巴西出身的留學生。這樣太老奸了吧，我如此心想，可是我們這隊也有法國出身的貞德——雖然派不上用場——也不能說什麼。

我們沒有統一的球衣，只穿著體育服和號碼衣……因為隊伍身高的緣故，排了一個高矮參差不齊的圓形，

「聽好，我們……」

14　勁旅和凶暴兩字在日文中音近，故作者以粗體表達。

身為隊長的我，想要說句鼓勵的話時，

「金次這個玩具我還沒玩膩！一起讓他升級吧！」

武藤擅自喊了一句尖酸的號令，全員也跟著大喊了一聲：「喔！」

比賽開始後不久——

先是風魔和體能壓倒性不如人的平賀同學，照著他們比賽前的宣言，被撞倒在地。（註15）

對方專門針對女生的胸部或大腿撞，就算我不是爆發模式看了也很生氣——但是那樣不算犯規，我也不能抱怨。

武藤是體格上唯一能和他們較量的人，可是他看見白雪被球擊中頭部倒地後，就突然站著不動，結果也被那位叫什麼羅德林哥的巴西留學生給摺倒了。

人數十比十一也是一個痛處。港南隊很快就發現只有不知火的動作精湛，派兩人封住了他。

再加上……對方還會抓我或不知火的衣服阻擋我們移動，搶球時會用腳勾人讓我們跌倒。

而且都是趁主審沒看見時搞的，所以沒被判犯規。

15　「這樣有比賽的價值了」這句話，在日文中意同「這樣有撞的價值了」。

相反過來，只要我們稍微耍個小動作，他們就會誇張地跌倒，強調我們犯規。

（……該死。他們很會比賽啊……！）

結果，他們盯上了貞德——她剛開場就中了掃堂腿，動作因此變慢——讓我們在武偵高中球門前二十公尺左右的地方，吃了一記犯規。

上半場開始五分鐘，我們就給敵方一個任意球的大好機會。

踢任意球時比賽會暫停……港南的代表可在貞德犯規的地方，踢出精準的一球射門。

當然武偵高中方面也會在球門前排成一列，用人牆來防禦……

可是羅德林哥的射門，輕鬆飛過了矮人亞莉亞的頭頂——

深深踢進了球門斜上方，連跳起的理子都碰不到的位置。

如此一來，零比一——武偵高中始終被壓著打，身為ＦＷ的我和亞莉亞連球都沒摸到就被先馳得點。

大事不妙，實力差距太明顯了。這下子……我們好像無計可施了。

上半場結束。「今天要創下十比〇的紀錄！」港南那群傢伙心情大悅，各自受到女子啦啦隊員的尖叫相迎。那些女生應該是他們的女朋友。

到了中場休息時，比數居然是〇比五。

武偵高中隊伍——如果照理子的說法，就是被人打得不成人形。

持球時間大概是一比九吧。不知火曾經甩開對方的盯人，把球傳到我腳上，可是我的拚死射門卻被德國籍的GK：容克斯給擋下來了。

容克斯是一位身高和腕長都達兩公尺的壯碩男，簡直就是門神啊。雖然長相和猩猩沒兩樣。

但是——下半場我們能追平五分的差距嗎？不對，要贏必須得六分啊。

我走過放著置物櫃的寬敞休息室，進到空無一人的足球部社辦，失望地垂下頭來。畢竟隊長消沉的模樣，不要讓隊友看見比較好。

（六分嗎……）

我很懊悔，不過要靠這任務升級是不可能的。

不，單純來說是這個狀況讓我感到懊悔。

我幾乎沒搶到球，還被踢倒了好幾次……下半場還要繼續這樣嗎？

——運動這種東西，心理負擔比我想像中的還要大啊。

我坐在長椅上嘆氣時——

「猜猜我是誰？」

某人不知何時跑進了社辦，從後面用手遮住了我的視線。

這個聲音。

「亞莉亞……」

我轉頭一看，果然是脫下號碼衣的亞莉亞。

亞莉亞鬆開了手，嘿一聲坐到我身旁。

「……同一招別用兩次。這招在練啦啦隊的時候已經玩過了吧。」

我說完，亞莉亞……好像忘了自己曾經用過，驚訝地雙眼圓睜。

「誒，對、對啊。沒錯。」

她說完喝了一口寶特瓶裝的運動飲料，「嘖！感情還真好。」嘀咕了一句莫名其妙的話。

「來。也讓你喝一口。」

亞莉亞露出笑容，把喝到一半的飲料遞了過來。我整個人僵住了。

她在四月不小心喝到我的可樂時，明明還痛扁了我一頓……

搞什麼啊。妳全都忘光了嗎。

可是……這種狀況不喝又對她不好意思。

「………」

我猶豫片刻，下定決心喝了一口後，把飲料交還給她。

我喝了亞莉亞的櫻桃小口剛碰過的東西……等等，啊！

慘了，金次。微弱的爆發模式性血流……這次來到了我的臉上。

別因為這種事情臉紅。這只不過運動中補充水分罷了。

我瞄了亞莉亞一眼，發現她的嘴角正在微笑。

亞、亞莉亞是怎麼回事？感覺跟平常不一樣呢。

要說她給人的感覺很從容呢，還是……

「打起精神來，金次。不要一臉好像已經輸了一樣。」

「……已經跟輸了沒兩樣吧。」

「還沒有呢。任何比賽到最後，都會有反敗為勝的機會。勝負還沒揭曉，所以大家都在努力啊。」

以亞莉亞來說……這話說得真好呢。

我稍微露出同意的表情後——亞莉亞突然變回平常的樣子，露出羞澀的笑容。

「我這麼說好像普通的高中生呢。」

普通的高中生，嗎？

這麼說來剛才我沒特別在意，不過比賽中的亞莉亞，確實感覺像普通的運動少女……真要說的話，我是有好感啦。

「我變普通的話——感覺怎麼樣？」

亞莉亞的問題恰好命中我內心的想法，我不禁嚇了一跳。

「妳、妳問我怎麼樣？我哪知道啊。那種籠統的問題。」

「你籠統地回答我就好。」

「嗯……那個。哎呀……還不會壞吧……？」

我無可奈何地打混說，同時面向一旁，想表達「別再問了」的意思。

為什麼……話題會變成這樣啊。莫名其妙。

再說，我沒辦法當著本人的面誇獎對方吧。

我的個性沒直率到那種地步。

「嗯——『還不壞』嗎……」

亞莉亞交叉雙手，似乎在思考什麼……

接著咚咚咚地，戳了我的膝蓋。

「幹、幹麼啊？」

我因為她的觸碰，帶著少許的警戒心轉頭一看，亞莉亞又露出思考的表情，似乎在猶豫該不該說出口似地，有些支支吾吾地問：

「那……理子呢？理子變普通的時候，感覺怎麼樣？」

理子？

「為啥……現在要說理子的事情啊。」

「有、有什麼關係！她怎麼樣？你是怎麼想的？」

亞莉亞逼問，雙頰不知為何比問自己的事情時還要羞紅。

她還在氣上次的事情嗎？

嗯……我是搞不懂啦，不過這個氣氛下我不回答好像不行。

「……我這麼說，妳聽了可能會不高興……理子的態度多變，常常把人耍得團團轉；不過我覺得她的本性不壞。」

亞莉亞直盯著我，非常認真地傾聽。

幹麼啊。

我對理子的評論，對妳來說有那麼重要嗎？

「理子──看起來那樣，其實骨子裡是一個很堅強的人吧？裝傻就像是她的興趣一樣，其實她感覺比我們還要成熟，在班上也很受歡迎，不像我和妳一樣是比較孤僻的類型。而且之前貞德也說過，理子在背地裡是努力型的人。所以她應該有很多地方值得我們學習……妳也……別太常和她吵架吧。」

說到最後──我發覺亞莉亞眼泛淚光，於是沒繼續說下去。

誇獎福爾摩斯家的仇敵──羅蘋一族的女兒似乎不妙啊。

不對，她的表情看來也像是在感動……

「可、可是，理子差點殺了亞莉亞……不對，差點殺了我們喔。」

「妳是說四月『武偵殺手』的事情嗎，嗯……我們和理子好幾次拿槍對射，可是那在武偵高中是家常便飯吧。理子在那之後也有幫過我們──這個足球的工作，也是她告訴我的。或許有一天我們還會和她交手，不過現在算是暫時休戰。妳就別記仇了。」

「……金次你……」

亞莉亞低伏著臉，抓住了我T恤的衣襬。

「真的好溫柔呢。」

她說完抬起頭，對著滿臉問號的我，

挺起腰桿，冷不防地——

啾！

親了我一下。

就像在道謝一樣。

棉花糖般的嘴唇觸感，和糖漿般的甜美香味——

「……！」

——為、為什麼啊——

我如此心想，突如其來的狀況卻讓我發不出聲音。

「好！這樣下半場應該就會有辦法了吧！」

亞莉亞送了一個秋波，翻動雙馬尾站在長椅上。

隨後「答答答」地，小跑步離開了社辦。

過於唐突的發展，讓我爆發模式性的血液也……

這種停頓方式，是晚一拍才會爆發的類型啊。

我過了一會石化總算解除，走出社辦想要追她——

結果，冷不防就撞見她了。

在走廊上撞見亞莉亞。

「亞、亞莉亞。」

我很尷尬，不禁用手背遮住自己的嘴巴。

「？」

亞莉亞皺起美型的眉毛，吸了一口塑膠水壺。

嗯……？剛才她不是在喝寶特瓶裝的運動飲料嗎……

「……剛、剛才那是怎麼回事？太莫名其妙了吧。」

我紅著臉質問完，亞莉亞的眉毛皺得更緊了。

「剛才？」

「剛、剛才在那邊的社辦……那個，妳對我做了奇怪的事情。那是怎麼回事，妳說明一下。」

「奇怪的事情？你才怎麼回事勒。我剛才一直在女更衣室，用吹風機讓自己冷靜下來啊。要是不這樣做的話，我會想對港南那群下流的傢伙開槍。」

……啊、啊啊……

雖然只是隱隱約約，不過我弄懂了。完全弄懂了。

剛才那一連串不可理解的狀況，背後隱藏的目的。

我這也太鈍了吧，早該注意到才對。我好像是第二次還第三次中這招了吧。

「……嗚！」

可是這樣一來……我、我不就等於說了一堆很丟臉的話嗎……

注意到這點的同時，一個我已經有所覺悟的狀況發生了。

「撲通！撲通！」的心跳。這種感覺。

「真的是……」

「？」

「一隻小貓呢。」

「嗄、嗄？」

「——就像小貓一樣愛惡作劇的女孩。又把我耍得團團轉。」

我突然仰望著半空中，用噁心的語氣說。亞莉亞整個臉僵住了。

「啊啊！亞莉亞妳不用在意。現在的我稍微放心了。呼！」

爆發模式下的我，別露出那種笑容啊。

你看，眼前的亞莉亞都嚇了一大跳。

而且我還把她逼到牆邊，單手若無其事地摸著她的肩膀。

你想做什麼，金次。

「亞莉亞和我，**還不用那樣**沒關係。因為我們只有今天是『普通的高中生』。既然這樣，就應該慎重地、慢慢地體驗這段時光。沒錯吧？」

啊——啊！

亞莉亞嘴裡說著：「誒！什麼什麼？」漲紅了臉，陷入混亂呢。

她的雙手還縮在胸前，好可憐啊。

「等、等一下金次……！為、為什麼**現在要在這種地方**！快、快點恢復正常！再五分鐘我們就要回去比賽了喔！」

亞莉亞用手掌推開我的額頭。我離開她，做出反省的樣子。

她的表情稍微安心了下來，所以我又一口氣縮短距離，偷襲了她。

亞莉亞的反應如我所料，整個身體貼在牆壁上僵住了。哈哈！

「是啊，亞莉亞。中場休息時間快結束了。我們繼續踢球吧。而且要讓對方五分已經夠了吧。」

我把臉湊近亞莉亞一邊的雙馬尾，耳語說。

「你、你說讓分……」

「要反擊了。我們要贏。」

我的聲音，在這裡更低沉明瞭。

接下來這句話，為的是不讓她回嘴。

「亞莉亞——什麼都別說，跟我走。」

我把大家集合在置物間——

以隊長的身分，只向隊員下達了兩道指示。

其一：把自己到目前為止的位置和一般的足球理論，全都忘得一乾二淨。

其二：踢出自己的風格。但是要**學**港南隊，不要被判犯規。

以上。

大家——理子除外——看到我突然露出幹練的表情，剛開始很訝異，但聽見這兩道指示後，無不精神抖擻。

再來，我對幾位隊友下達了個別指示……

便回到了風勢轉強的第二操場。

我們十個人不像剛開始一樣，照著足球教科書來排隊形。而是分散站在自己最好踢球的位置。

港南隊看到我們這樣，噗哧了一聲……

——我反而覺得大家到了現在，才終於開始認真了——

隨著哨聲響起，下半場由港南隊開球，拉開了序幕。

同一時間，我、亞莉亞、不知火、平賀同學以及原本是ＤＦ的武藤，都朝敵陣衝了過去。

甚至自由的化身：ＧＫ理子也丟下了球門，衝了過來。

港南對我們的舉動一陣爆笑，接著朝空無一人的武偵高中球門跑了過來。

「由我來發起反擊的訊號砲吧——Follow Me！」

首先是上半場動作緩慢的貞德……

以輕盈華麗的腳法——

抄走了港南的羅德林哥腳上的球。

「——星伽！」

貞德用裸露的美腿傳球給白雪。她遵照我的指示，戴著眼鏡。

視力不好的貞德原本帶著亂視用的隱形眼鏡，但比賽剛開始就被對方的粗野動作給撞掉了。

我注意到她動作變慢的原因，所以拜託平賀同學在貞德的眼鏡上，裝了防掉落的繩子……

貞德對戴眼鏡比賽的危險心知肚明，卻還是爽快地戴上了。

謝謝妳，貞德，眼鏡果然很適合妳呢。

「我要踢了！」

白雪把腳高舉過頭，等著貞德傳來的球。

她烏黑的長髮上，沒有平常那塊像緞帶的白布。

因為白雪解開了只能維持短暫時間、但卻能提升瞬間爆發力的鬼道術。

「喝！」

從白雪腳邊飛出的球帶著轟然巨響，斜飛過中線——

並化成了連港南選手都避之唯恐不及的火球，磅一聲！停在邊線前等候的武藤肚子上。

武藤的表情……沒有痛苦扭曲，反而莫名地心曠神怡，接著便倒了下來。

平賀同學活用了嬌小的身體躲在武藤身後，此刻現身了。

「換不知火表現了！」

平賀同學的腿如小鹿，設法把球傳到了位於中鋒的不知火腳上。

不知火上半場被兩人盯住，但現在只有一人在防守他。

多虧GK理子跑到前線，使我們在場內的人數能與之抗衡。

我方就算冒著球門洞開的風險，也要孤注一擲發動突擊。

不知火能承受住這種外在壓力，不愧是有強襲科的氣魄啊。

他接下球後一個靈巧的假動作盤球，越過了敵人。

「蕾姬同學！」

傳給了右翼的蕾姬。

蕾姬是狙擊手，擅長銷聲匿跡……應該說，她幾乎與生俱來就無聲無息。

她巧妙地避開敵方的視線，完全無人防守。

接著她直接傳球——

準確地把球傳到我和亞莉亞的中間。此刻我倆已經繞到了前方。

「金次！」

「配合我，亞莉亞！」

我和亞莉亞從左右朝球門衝了過去。

敵方ＧＫ容克斯側跳——

我和亞莉亞則跑Ｘ字型，以球為交岔點——磅！

交叉的瞬間，起腳射門！

球飛行的位置和容克斯跳躍的方向相反，深深鑽進了球網中。

嗶嗶！

哨音響起的同時，武偵高中隊一起跳了起來。

——成功了。

搶回一分了！

剛才的射門，我命名為：「Ｘ」。

我和亞莉亞——正因為我們長時間搭檔並肩作戰，所以才能步調一致地發動攻擊。

就連門神容克斯，在我們出腳前都不知道是誰要踢球吧。

「亞莉亞。剛才的射門很漂亮喔。」

我輕拍亞莉亞的肩膀，剛才起腳射門的亞莉亞——

「金次！就照這樣不停得分吧！來，我們快回中線！」

露出了無上的笑容，向我這個隊長命令說。

原本是勁旅的港南隊，轉眼間開始潰敗。

他們一直是和正規的足球隊練習。面對無視原則和位置、採不規則行動的我們，他們似乎不知該如何對應。

我和亞莉亞在那之後，以亞莉亞、我、亞莉亞的順序，愉快地「X」字射門。

下半場四十分鐘時，分數是四比五。再拿下一分就同分了。

「這種運動也不壞嘛。」

梅開三度的亞莉亞，露出如貓咪般的犬齒對我微笑。

分數差距變小值得高興沒錯，不過我最高興的——

——是看見妳露出笑容啊，亞莉亞。

然而……比賽時間剩下不到五分鐘時，出了一個狀況讓我無法悠哉地觀賞亞莉亞。

因為港南換隊形了。

他們配置了五個ＤＦ，連ＭＦ也猛防守。

球到他們腳下後，他們只是安全傳球……不發動攻勢。

（──他們想避戰到最後嗎？）

時間剩下三分鐘。

要是他們一直那樣拖延時間，時間到了就是我們輸。

這不算犯規，但乍看之下也算是一種卑鄙的行徑。

「你們──那樣還是男人嗎！光明正大和我們一決勝負！」

貞德似乎對眼前的行為感到憤怒，像單槍匹馬的騎士一樣，朝球衝了過去。

她衝入敵方罰球區內，停止港南的傳球，並以腳下功夫和對方較勁打算搶球。

「嗯呵呵！」

理子也上前助陣。

蜂蜜色的蓬鬆頭髮隨風飄動──不對，似乎和風向相反……

我和我附近的主審因為頭髮的緣故，看不見貞德他們的身影時──

「嗚──！」

貞德和對方ＤＦ交錯，整個人摔倒在地。

「……貞德！」

我和主審跑了過去，發現貞德按著膝蓋趴倒在地。

剛才我沒看清楚，她受傷了嗎？

「……嗚……噁……哈……！」

「貞德！嗚哇！貞德的腳斷了，啪滋了一聲！」

痛苦呻吟的貞德，和當場坐下大哭的理子。

原本拚死比賽的敵方DF，放著球不管傻眼站在原地。

主審環視三人後，「嗶！」簡短地吹了哨子。

他的動作表示港南隊犯規。

「………」

貞德和理子看到後，乍然沉默了下來……

隨後兩人若無其事地起身。

接著，還擊掌慶賀……喔？

（啊……啊啊！原來是這樣……！）

貞德・達魯克——外表堂堂正正，其實是策士一族。

而且自尊心極高，個性有仇必報，相當棘手。

她上半場因為對方大鬧而吃了犯規，現在她照樣還以顏色。而理子預測到這一手，移動頭髮擋住了主審的視線。

這兩人過去在伊・U感情就很好，所以步調很一致呢。

「武偵高中，ＰＫ。」

主審說完——

亞莉亞從一旁現身。

「金次。讓我踢。**現在的你**……懂我的意思吧？」

她的左腳在操場上輕點了幾下。「嗯，交給妳了。」我則露出了笑容。

比賽暫時停止……

球被放在球門正前方十一公尺的罰球點上。

ＰＫ一般來說是踢球方有利；可是對手是身高兩公尺的門神：容克斯。

相較之下，亞莉亞的身高連他的四分之三都不到。

「擊落轟炸機的工作，要交給靈巧的戰鬥機。」

她說完取出助跑距離，並露出無畏的笑容。

球場內鴉雀無聲，看著容克斯和亞莉亞的ＰＫ。

尖銳的哨聲響起後——答答答答！亞莉亞起跑了。

磅！

至今的比賽她一直假裝是右撇子，現在第一次用左腳射門。

亞莉亞是左右開弓型的人。換句話說，她用哪一隻腳都能踢球。

容克斯只注意亞莉亞的右腳，一時大意——

球網一陣激烈晃動，嗶嗶！

武偵高中隊聽見宣告得分的哨音後，發出了歡呼聲。

這下五比五，同分了。

或許高興的姿勢吧，亞莉亞像飛機一樣雙手張開回到中線，平賀同學也擺出同樣的姿勢跟在亞莉亞身後，甚至連理子也跟在後頭模仿。

三個身高未滿一五〇公分的女孩，編隊飛行回中線時，時間是下半場四十五分——規定的時間到了。

可是比賽不會馬上結束。

接下來是傷停補時階段（Additional Time）——通稱傷停時間。

我們將會進入一個短暫的加時賽，以補足診斷傷者等狀況下耗費的時間。

以我的體感來看，傷停時間……大概是一分鐘吧。

都打到這裡了。要在一分鐘以內——再搶下一分！

比賽再度開始，港南隊的球。

「——這邊！不要看我直接傳球！」

但理子模仿了敵方隊長的聲音大叫，立刻就從港南選手的腳下騙到了球。

很好。要是再被他們傳來傳去，時間到了我們可就平手了。

附帶一提，全國高中錦標賽第二次預賽，是沒有延長賽的。同分的情況下，將會由第一次預賽中得分最多的隊伍獲勝。

那可不行。

當然我是想要學分——不過最重要的是，今天我們難得像普通的高中生一樣。至少要讓這貴重的九十分鐘，成為一個美好的回憶。

大家所想的似乎都一樣，武偵高中隊已經捨棄了防守，全體發動攻擊。

「亞莉亞！」

理子用頭頂球，在空中一個倒掛金鉤把球傳給了亞莉亞。

亞莉亞傳給我，我傳給武藤，再來是不知火、平賀同學和貞德。

我們用Z字傳球，步步逼近球門。

這顆球絕對不會掉。我們彼此合作，也相信隊友不會掉球。

主審在看錶了，還有三十秒——！

港南也不愧是去年的都大會優勝。防守一直到最後都很牢固。他們和我們相反，幾乎全員都在防禦。（註16）

他們的防禦不太容易穿過。

16　這裡的都，指的是東京都。

時間正在流逝。還有二十秒。

——沒辦法了。

我好歹也是隊長，來到這裡我決定孤注一擲，試著突破防守線。

阻擋在我眼前的是港南的ＤＦ——他們的隊長。

這下是隊長和隊長的單挑了。

主審叼住了哨子，還有十五秒！

敵方隊長衝了過來，想大腳化解我的球。

此時，我爆發模式下的腦袋——出現了某個影像。

那個技巧。我只有看過，沒有親自嘗試過。

——可是，我一定做得到。為了得勝，我一定要成功！

我讓球離開衝過來的敵方隊長——刷！

用腳底把球往自己的身後滾。

接著護好身後的球，同時像旋轉門一樣當場迴轉，躲開對手。

結果，敵方隊長從我的背部及側面穿過，整個背對了我。

而球……還在我的腳下，正往對方的球門前進。

馬賽大迴旋。

這是昔日的法國隊代表・席丹的拿手招式。理子拿來的ＤＶＤ曾經出現過。

我是有樣學樣，不過真的做到了呢。

畢竟，這比彈子戲法或空手奪白刃還要簡單嘛。

好了——現在我的眼前只有門將了。

港南的門神容克斯。

他凹陷的眼窩，直直地盯著我。

「到手了！」

我把腳高舉，做出射門的假動作後——

把球踢到從右翼後方跑來的風魔陽菜頭上。

我沒直接射門是因為自己離球門還很遠。更重要的是，容克斯已經整個人移動到左翼——我所在的位置前。

而風魔前方，則有一個破綻百出的球門。

「——忍！」

風魔蹬地一躍，朝我踢起的球頭錘——

然而身經百戰的容克斯，卻做出了反應。

他像在拍蒼蠅一樣，把球打回了球場。

球在中鋒方向彈動——

「大意……！」

風魔表情懊惱，落地的瞬間轟一聲！

濛濛的沙塵，自她腳邊捲起。

這個瀕臨犯規邊緣的舉動，連主審都皺起了眉頭，不過沒有被判犯規。

沒判犯規是正確的吧。

因為那不是火藥也不是其他東西，只是一個跺腳罷了。

那是風魔的招式：「地撲」，一般人可能看了也搞不懂。那是一種讓頭部到腳踝的全身關節，一點一點同時高速下墜，使腳底產生劇烈衝擊的招式。

值得一提的是，我的自損技：「櫻花」就是以那招為靈感，在國中時開發出來的。

風魔在沙塵的環繞下消失——塵煙散去後，她已經不在那裡了。

風魔消失了。

但我沒空對那種事情感到驚訝。

時鐘還在跳動。

剩下不到十秒！

這時腳程很快的亞莉亞，追上了在半空中的球。

可是容克斯已經重新擺好了架勢，阻擋在她的面前。

「——！」

亞莉亞想避開如銅牆鐵壁的容克斯，讓雙馬尾一陣跳動——

一邊用頭頂傳球了。傳到了無人接應的斜前方。

亞莉亞在這裡居然犯下痛心的錯誤……！我剛這麼想，就發現自己錯了。

從球門邊——

風魔一直蓋著沙子當保護色爬地移動，現在刷一聲！

再次現身。

「自己播的種要自己收割——！」

由於沙塵的緣故，主審和其他人都不知道發生了什麼事吧。

容克斯雖然很想抗議，不過還是側跳保護球門。

風魔做出射門的假動作——

「師父！亞莉亞殿下！」

舉起後腳像在跳芭蕾舞，做出了背後凌空抽射，讓球遠離眼前的容克斯。

從她腳跟飛出的球，再次回到了球門的左側上方。

「——！」

左翼的我和中鋒的亞莉亞，呈X字跳起。

並在交會之際頭頂射門，刷！

球網——

晃動了。

成功了……！

要命名的話，這是「X・空中飛躍」，凌空的X字頭錘射門。

我這麼做是臨時起意，不過成功了呢……剛這麼一想，鏗！亞莉亞一樣想用頭錘射門，結果撞上了我的後腦。好痛！

我倒地掙扎，亞莉亞落在我的背上，而風魔則舉起了拳頭——

比賽結束的哨音，響徹球場。

六比五——總算是贏了啊。

這都是託大家的福。

比賽結束後，我再次配槍並換上防彈制服，接著不知為何……

回到了已經空無一人的第二操場。

然後在夕陽之中，一個人無意義地踢著球。

（普通的，高中生……嗎。）

現在我拚命掙扎，想要變成平凡人。

白天上普通的課，放學後不是訓練或任務，而是享受運動或文化性的社團活動。

平常看電視、看漫畫或打手機傳訊，來讚頌青春。

那樣真的適合我嗎？其實……我不知道。

不過，肯定勝過拿手槍互瞄代替打招呼的高中生活。

所以在我的心中，對普通的高中生有一種強烈的憧憬和羨慕。

今天像這樣踢踢普通的足球……也讓我很高興啊。

我現在這樣依依不捨地在踢球，或許是那種情緒使然吧。

可是這種情緒在秋天，又會被煙硝味和兵刃相接的聲音，逐漸消抹殆盡。

我到明年三月為止——都還是武偵高中的學生。

我再次想到這一點，撿起球背對蟬鳴聲……走到喝水區脫掉上半身的衣服，把水輕輕淋在頭上。

沖掉汗水後，我甩頭讓水滴隨意飛散。

現在是夏天，放著不管待會就會乾了吧。

我如此心想，拿起脫下的運動衣後……身旁突然有人遞了條毛巾給我。

「來！欽欽。拿去用吧。」

是理子。她已經沖完澡，換上平常的輕飄制服。

啊……我剛才像狗一樣的動作，被她看到了嗎？

「妳在的話就出聲啊，理子。」

我的臉頰略微泛紅，收下了粉紅色的毛巾。

「……對了，我還沒向妳道謝呢。」

「……道謝？」

「學分的事情啊。這場比賽……應該說任務，是因為妳的關係我才能接到的。謝謝妳，理子。今天我很開心。運動這種東西，偶爾玩一下也不壞呢。」

我說著，一邊思考該如何處理擦完頭的毛巾時——

理子搶走了它，把它塞進背上的紅色小學生書包內。

接著，她拍著我放在腳邊的球……往操場中走去。

看到她不發一語走了，我也穿上運動衣跟了過去。

當我來到球門前，理子在球門區內，

「——你不要搞錯了。我完全沒有打算要和你們混熟。」

突然用銳利的口吻說。

「運動？開什麼玩笑。那種無聊的東西我才不在乎。」

……這個氣氛……

是**裏理子嗎**。要說的話，就是比較接近理子本質的個性。

一股緊張感，逐漸充滿我的體內。

「這個任務不過是撿來的道具，目的只是為了讓你和亞莉亞的關係更加親密。你要是升不上三年級被亞莉亞疏遠的話，我就傷腦筋了。我想打倒的亞莉亞，是和你搭擋而成的——完全型的神崎．Ｈ．亞莉亞。所以……你和亞莉亞，要一直……像今天一樣親密地……」

理子說著說著，接不下話來。

接著，目光銳利地看著我。從平常裝傻的理子身上，根本想不到她會有那種眼神。

而她的臉頰些許泛紅。是在生氣嗎，抑或是在煩惱呢。

她還是一樣……讓我讀不出她的感情流向。

「你聽好，給我做好覺悟。你們是——我的獵物。」

我一言不發，凝視著如此說道的理子。

……嗯，我知道。理子。

今天對我們來說，只不過是休息時間。

妳在第二操場上，用自走型烏茲瞄準我和亞莉亞時，一切就已經開始了。我們的戰鬥——還沒分出勝負呢。

「可是……今天的欽欽……很帥呢。」

理子轉身背對我。這次的聲音……感覺很像普通的理子。

就像彈起的硬幣會空中不停轉動一樣——

我知道她的心，表和裏會不停變化。

理子雙手拿球遮住下半邊的臉蛋，彷彿想掩飾那樣的自己。

「……還有剛才在社辦的時候……謝謝你。」

果然沒錯。

剛才在社辦問我理子事情的亞莉亞，是**理子假扮的**。

居然做出那種真假難辨……又讓我感到害羞的事情。

「啊……嗚……總覺得好煩……」

表、裏、表不停替換的理子，最後似乎對自己感到不耐煩——把球放到地上踩住，

「這種事情……就是讓我想要『吼』！」

她伸出雙手食指，在頭上做出了兩根角。

接著翻動滿是荷葉花邊的裙子，盤球到罰球弧附近。

「欽欽！」

理子朝球門前的我轉身。那可愛的童顏……是平常的理子呢。

但不知為何，她似乎有些生氣。

「幹麼！」

我們離了一段距離，扯開喉嚨交談。

「接住！」

理子把球踢到半空中——

「我喜歡欽欽！」

磅！

冷不防用一記的凌空抽射，把球踢了過來。下半身的襯裙整個走光了。

球畫出一道拋物線，朝我身後的球門飛來。

「……！妳、剛才、說什麼！」

面對突如其來的狀況——

我沒空去感覺，剎那間流過身體的爆發模式血液——

——啪！

我縱身側跳，反射性地把球抱在自己的胸前。

理子背對夕陽，有如剛才進了球一樣，跳了起來——

在空中雙手抱拳表示勝利，接著在落地的同時，「啊哈哈！欽欽好拚命喔！不過，**我騙你的啦！**」做出像小惡魔般的鬼臉說。

理子。理子。

我僵硬的臉上，夾雜了一點苦笑……接著搖搖頭站了起來。

理子。妳真的——

不管何時何地，都讓人捉摸不透呢。

Reload For The NEXT!!!

再次裝彈3 Goodbye・亞莉亞

我不知道足球有越位這條規則。

不對，我是聽說過，但沒有正確地去理解它。

『原則上，不可以把球傳給比守方除守門員之外，更接近球門的我方球員。』

這就稱作越位。這條規則不知火又重新教了我一次，但我還是搞不懂。

所以……比賽中主審因為沙塵而沒看見，不過在港南高中的抗議和啦啦隊用手機拍攝的影像下……

關鍵一球的過程中，亞莉亞傳給風魔的球被判了越位。

足球一般來說是不可能在賽後推翻比數，可是在影像中助理裁判也舉旗了，因此對方的抗議破例被受理。

就這樣，最後一球被判無效，比賽以和局收場。

依照規定，最後由第一次預賽得分較多的港南體育高中獲勝。

我還需要○・七學分，卻只拿到了○・六學分。

不對不對，這可不是「只拿到」這句話就能擺平的……！

因為**暑假只剩下明天了**！

我完全走投無路，打了通電話給我的班導：高天原佑彩老師，真不愧大家把她的外號取作「武偵高中的良心」，她說如果是○．一學分的工作那她會想辦法處理。

因此我——

最後接下了老師給我的**慈悲**任務：「偵探科大樓的內部清掃」。

於是，我在八月三十一號早上，一個人開始了打掃的工作……

這實在很不輕鬆。偵探科大樓內，有一間大講堂、四間大教室、六間小教室。整體來看，寬敞的程度差不多如一棟住商大樓，一個人打掃可能會做到深夜。

我原本打算搬救兵，「我沒義務再幫一個像美少女遊戲主角的傢伙做事情。」被武藤用莫名其妙的理由給拒絕了。而不知火則夾雜笑聲說：「你要拜託的，應該另有他人吧？」便掛了我的電話。

我沒辦法只好打電話給亞莉亞，可是她沒接。白雪因為明治神宮的祭事，明早之前都不在。理子也帶著貞德去逛同人誌的銷售會了。

而風魔則傳了一篇像古文的簡訊給我，內容寫著：「前日之戰敗，責任在於某，某以武運不彰為恥，正思考辭世之句。」氣氛很明顯在說：「我沒臉見師父。」至於平賀同學——我已經拜託她做某件工作，不想打擾她。

我莫可奈何，只好孤獨一人……在空無一人的偵探科大樓拖地、擦窗戶玻璃，度過暑假的最後一天。

（一個人，嗎……）

這種感覺是怎麼回事？

寂寞……嗎？我會寂寞？

我應該已經習慣了孤獨……不過最近身邊有太多人作伴了。

不過到頭來說，人其實是孤獨的。

能夠相陪在左右的，只有結了婚的夫妻吧。

（……結婚……）

我因為這個詞想起了一件事……這麼說來，上禮拜粉雪有預言過呢。

『有人會向遠山大人納采。就在這個月內。』

……內容是這樣來著嗎？

當然還沒有人向我求婚。

今天是本月的最後一天，而我今天預計要做這件無聊的工作打發時間。

粉雪的矛盾「神託」落空了。

（那個孩子還未夠班啊。）

我苦笑同時，拉開了尚未清掃的小教室滑門時……

——砰！

一塊原本夾在門上的黑色板擦掉落，在我頭上做出了一朵迷你粉筆雲。

「居然會中這種陷阱，你還未夠班呢。你不適合讀諜報科。」

有一個身影翹著腿，坐在小教室的桌子上。

「亞莉亞……？」

是剛才沒接我電話的亞莉亞。

我抱著石沉大海的打算，有先傳了一封內容為：「來偵探科。下次妳說什麼我都會聽妳的，來幫我打掃。」的郵件給她……沒想到她真的來幫我了嗎。

亞莉亞離開桌子站到地上，走到在拍頭上粉筆灰的我面前。

「嗚哇！好陰沉的臉喔，雖然你平常就這樣了。」

「妳囉嗦。」

「哎呀呀！你很寂寞嗎？都寫在臉上了喔？……很想見我嗎？」

亞莉亞露出不懷好意的笑容，表情像個在欺負人的孩子。我把嘴巴扭成了ㄟ字型。

這傢伙在這方面是一個超級虐待狂呢。我一沮喪她就囂張起來了。

不過這邊我如果否定，她走了我可就傷腦筋了。就暫且先肯定吧。

「……嗯，有一點啦。」

我說完……

亞莉亞不知為何，露出了十分鬆弛的笑容。

我只是肯定妳的問題，為何妳會露出如此驕傲自滿的表情。

「嗯嗯。老實的金次是好金次喔。本大小姐就來幫你吧。」

亞莉亞大小姐啊。請妳做出一本能分辨好金次和壞金次的規則書吧。

因為妳一看到壞金次，就會想扯掉他的耳朵。

「嗯……老實說真是得救了。因為我一個人大概會掃到深夜吧。」

「傍晚之前結束它吧，掃完你就不用留級了吧？」

「對。掃完的話啦。不過妳來得真好呢，亞莉亞。」

「咦……？那個……哎呀，你學分會不夠……身為夥伴一直牽著你鼻子走的我也有責任啦。責任的歸屬我想大概占了二%吧……」

不對喔，有九十八%都是妳的關係喔。

我如此心想，不過剛才亞莉亞翹腳坐在桌上時，我看見她大腿處露底槍了，所以這邊我先不要說話吧。

「……嗯？」

我偶然看了亞莉亞剛才坐的桌子一眼……

發現那邊落了根細髮，就像一條粉紅色的線。

「啊！」

亞莉亞也注意到了，她從裙子口袋拿出手帕把它拂去。動作顯得有些慌張呢。

亞莉亞搖動了雙馬尾，上頭傳來了熟悉、如梔子花的酸甜體香……以及淡淡的洗髮精味。

「妳剪頭髮了嗎？外表看起來雖然沒什麼變。」

「我可、可不是因為要和你單獨見面——所以才去理髮院的喔。」

啊！她說了「可、可不是」。她剛才說話很快，不過的確有說這句話。

理子在模仿亞莉亞開她玩笑時，常常會說這句話，所以我記得。原來本人真的會說呢。

亞莉亞用左右手揉著雙馬尾，一邊紅著臉露出犬齒。

「這是為了整理睡覺壓翹的頭髮，才會稍微剪一點的。是真的。」

「妳要和我見面……更沒必要整理壓翹的頭髮吧。」

我搞不懂亞莉亞說話的涵義，吐槽說。「嗚咕！」亞莉亞的喉嚨發出聲響，便沉默了。

……這傢伙真的莫名其妙呢。

亞莉亞顯得害臊，好像自掘了墳墓一樣……

隨後拿著拖把，退到教室的角落。

「金次！」

冷不防伸出手指著我說。

「——來比賽！」

……比什麼？

「我從這邊，你從那邊的角落開始拖！先拖到教室中間的人贏！輸的人要請喝力保美達！好、預備開始！」

亞莉亞似乎想蒙混什麼，也不管我完全沒有準備好，就像一隻高麗鼠般，「答答答」地開始跑步拖起地來。

對方是亞莉亞。要是輸了可能會有不人道的懲罰在等待我。

我慌忙拿起拖把從教室的對角線上，開始狂奔拖地。

我倆以長形的固定桌為折返點，蛇形奔跑。

右——左——右——左。

亞莉亞是飛毛腿……不過因為她的裙子鉤到長桌子跌倒，所以我追回了剛開始落後的距離。

很好，行得通。我漸漸抓到訣竅了。

姿勢要放低。視線要集中在拖把前端，到了折返處要用前端壓住桌子固定好，讓自己大幅轉身。這樣是最快的方法。

臭亞莉亞。妳用偷襲的方式找我挑戰是不錯，不過我被武藤鍛鍊出來的敏銳遊戲感妳似乎沒預料到。

力保美達我就收下了。雖然我現在不是很想喝啦。

（很好——！）

我稍微越過教室中央，確信自己能夠在身體疲勞時，喝到免錢營養飲料的瞬間——鏗！

我和亞莉亞頭撞了頭。她和我一樣直盯著拖把的前端。

「——嗚！」

「嗯啊！」

我和後仰的亞莉亞糾纏在一起，倒在長桌和椅子之間。

（……糟……糟糕。我太注意比賽了……！）

這、這一下可真痛……臭亞莉亞，居然和我一樣都是鐵頭。我眼冒金星啊。

我有一種錯覺，好像有小土星在我腦袋旁邊打轉。我是古早時代的卡通嗎。

可、可是……我有不好的預感。這個過程，

就跟之前我推倒粉雪的時候一樣——

「……嗯……」

亞莉亞的腦袋旁邊，也有小雞在玩旋轉木馬……

（……嗚！）

——果然！

她、她、她仰躺在地……**我、我疊在她的上面！**

而且倒楣的是，剛才糾纏在一起時——我的手握住了亞莉亞的手，而不是拖把。真的不知為何，我雙手抓著她的兩手腕。

天、天啊。要是只看到這一幕的話……

不就像是我硬把亞莉亞推倒了一樣嗎！

「………！」

我吞了口口水。

在無人的教室中，我不由得想那種事情而全身僵硬。

亞莉亞……比粉雪還要嬌小的身體，完全藏在我下方。

長馬尾在地上畫出優美的曲線，我握住她手腕的手指還有多餘的部分，讓我再次意識到——亞莉亞果然是個女性。

我的腦中逐漸空白。

——接著，在空白的意識中……

瞬間出現了一個念頭，逐漸占領了我的腦海。

至今我想過好幾次了，現在這想法又出現了。

啊啊！這傢伙——好可愛、好可愛、好可愛……

我一覺得特定的女生很可愛後，那個念頭就會離不開我的腦中。

先不管她凶暴和任性的個性，亞莉亞可愛的外表……總會讓我結舌。我感覺自己無法抵抗這份情感。

假如神真的存在，那祂還真是殘酷啊。

我擁有爆發模式這種怪病，而神竟然在我的人生中放了一位這樣的女孩。

「……？」

我下方的亞莉亞……

先是眨動如紅寶石的紅紫色眼眸，感覺不知道自己發生了什麼事一樣。

眨動。

眨動眨動。

「……！」

她接著注意到自己被我壓住，

「……~~~~！」

這次換嘴巴一張一合。

一張一合，一張一合。

……說不出話來，表示她因為驚訝和憤怒之餘而結舌吧。

我讀了她如櫻貝般可愛的嘴脣，嘴脣在說：『開、洞！』

該、該怎麼辦。

我要是放開手，她馬上就會舉辦夏日開洞祭典。

我的腦海裡……出現了位於巢鴨本妙寺的遠山家墓碑。

白雪在墳前想自殺殉葬。理子一邊哭泣，一邊在墓碑上用麥克筆寫上她原創的戒名。我還看到蕾姬面無表情，用長柄勺子在墓碑上澆水。大家都穿著喪服。（註17）

這景象太過寫實，讓我背脊發寒——

差點進入的爆發模式也消下去了。

啊啊！唯一有可能從這個狀態下生還的絕招，被人封住了。

不對……不對不對。

這樣正好，金次。

現在我和亞莉亞在空無一人的教室內，兩人獨處。

這種狀況下你進入爆發模式看看。

我搞不好會花言巧語地操控亞莉亞，做出道歉也無法解決的脫軌行為。

以前我還是個小鬼，不會做出什麼越軌的舉動……可是，最近我好像逐漸變成大人，我就是有預感自己——會真的做出不妙的事情。我不是很想去思考，可是這個能

17　日本佛教在人死之後，會另外取一個戒名。

力原本的作用，是為了留下子孫。

因此在這裡，我應該要慶幸爆發模式被打斷吧。

我已經有一死的覺悟，這十七年不起眼的人生，變成走馬燈跑過我的腦內時──

「……？」

亞莉亞的臉色變得很差。

她不停「呼！呼！」地吐氣，表情痛苦。

「喂、喂！妳撞到什麼地方了嗎？」

我放開亞莉亞的手抱起她。她沒有生氣，反而低伏著臉──雙手按住平坦的胸部。

然後當場隨意跪坐，轉身背對我。

「……不要緊……吧？」

從平常的行動模式來看，很難想像她會有這種舉動，因此我真的……開始有點擔心了。

「嗯、嗯。我不要緊……」

亞莉亞大口深呼吸，拿開了有如在按住心悸的手。

「……不知道為什麼。我最近，有時候……這邊會……」

她像在自言自語，隨後不可思議地看著自己的左胸。

感覺她的身體……好像有點不舒服。

我不是醫生，所以詳細的狀況我不懂。

「亞莉亞，稍微休息一下吧。妳不用勉強自己。」

「不……不用，沒關係。我已經好了。好了金次，別拖拖拉拉的。快點回去打掃吧。」

亞莉亞整理好裙子起身……

似乎想隱瞞什麼似地，轉頭對我露出苦笑。

剛才那像發作一樣的症狀似乎真的沒什麼大礙……亞莉亞在那之後馬上就恢復精力，幫忙我做了整理書架或掃地之類的工作。

我們兩人——聊了好像不錯看的新電影、去麥當勞喜歡吃什麼漢堡，還有強襲科的魔鬼教官：蘭豹其實正在找對象想結婚……等之類的傳言。聊的內容實在無關緊要，然後手邊同時進行打掃。

本來和女生獨處是我最不滿意的狀況……

不過這樣看來，我感覺亞莉亞好像是個例外。

其實亞莉亞對我來說，是一位罕見的女性，如果沒有剛才那種狀況，和她在一塊我不覺得精神疲憊。

她的個性純真，我可以自然地接觸她，就像在和男性友人來往一樣。

而且我跟白雪或理子那樣的普通女生在一起，不會像這樣東聊西聊。或許是因為我會緊張，怕進入爆發模式吧。

一邊閒聊一邊打掃，就算是無聊的工作也能有像樣的進展……

打掃如亞莉亞剛開始宣言的一樣，在五點結束了。

如此一來，這次我真的湊齊了學分，可以升到第二學期了。

我環視打掃乾淨的大講堂，偶然往亞莉亞的方向看去。

「………」

我們四目相接。

因為亞莉亞也看著我。

夏日的陽光開始微微泛紅，射入沒有別人的教室中……外頭間接傳來的蟬聲，更突顯了室內的寧靜。

我和亞莉亞陷入沒有理由的沉默，彼此凝視了幾秒鐘。

紅紫色的眼眸——看似苦悶，這是我的錯覺嗎……？

「……啊……時間好像還有剩呢。」

亞莉亞有些害臊地別過頭，開始整理雙馬尾。

接著嗯了一聲，似乎在思考什麼。

「你去那邊坐著吧。」

她指著最前列的椅子說。

「為啥啊？」

「我要上課。」

「上課？」

「對。老師和學生的遊戲。你是學生。」

喂喂……都高中生了還玩那種遊戲……

我閃過這個想法，不過這次的打掃任務亞莉亞幫了我的忙，她對我有功。

就稍微聽她的吧。反正這裡沒有人，不怕被人當成笨蛋。

「……那妳是老師？」

「對啊，我是亞莉亞老師。你是遠山同學。那麼開始考試吧！」

這個亞莉亞，還挺起勁的嘛。

六月在紅鳴館拿 Leopon 來玩的時候也是，亞莉亞很喜歡這種遊戲呢。這傢伙徹頭徹尾地像個小鬼。

「好了，遠山同學，坐到位子上。」

嗚嗚！

被人用娃娃聲叫「遠山同學」……實在讓我異常感到羞恥啊。

亞莉亞不顧繃著臉坐到定位的我，起步繞到了講台去。

「……」

可是她身高太矮，繞到講台後面只露出一顆頭。

簡直就像斬首示眾啊。

我想著想著噗哧一笑，馬上咳嗽蒙混。

亞莉亞的表情一個使勁，坐到了講台上……伸直手腕背對我，在黑板上畫起了圖來。

一戶人家。倒在家裡的人。人的上頭用筆記體加寫了：「Killed」。

接著她轉過身，穿鞋站在講台上，

「好，現在發生了一件密室殺人案。」

嚴肅地宣言說。

……

……

「……然後？」

「——犯人是怎麼殺死被害者的？好，遠山同學，你來回答！」

要我回答？

資訊太少了吧。話說如果只是那樣的話，沒必要畫圖吧。

我心想，不過亞莉亞公主已經完全融入老師的角色，要是讓公主不悅，手槍先生可能就會跑出來了……於是我決定認真去思考。

「……那戶人家有信箱嗎？」

「應該有吧。」

「那犯人會不會是從那裡放毒氣進去啊？」

「BUBU！」

亞莉亞一個嗤笑，雙手食指打叉。

火大。

「……犯人先在室內殺害死者，然後拿了鑰匙走出來。」

「然後？」

「從外面上鎖後，再把鑰匙從信箱丟進室內，製造出密室狀況。這是實際發生過的案例。」

「不對喔。」

不對勒。

妳根本是看心情在決定對錯的吧。

「再多給我一點提示。死者是怎麼遇害的。」

「這個嘛，是被匕首刺中胸口。」

妳是現在才想到的吧。

「……人類被匕首刺中胸口，還會短暫存活。死者在玄關被刺中，為了不讓對方進來所以關門上鎖，然後就斷氣了。」

「答錯了。」

火大火大火大。

「……妳可別說是人死了之後才蓋房子的喔？」

「哎呀，這也不錯。可是不對。」

不錯妳個頭，這種像整人問題一樣的答案。雖然是我自己回答的啦。

「那是犯人假裝成第一目擊者的類型嗎？他和警察一起趕到案發現場，然後假裝破壞門鎖開門。其實門根本沒上鎖，現場不是密室。」

「我聽不太懂，不過答錯了。」

「……犯人先打了一把備用鑰匙，殺害死者後離開上鎖……然後再把備份鑰匙丟掉。這個手法也實際發生過。」

「那樣太奸詐了。」

「犯罪者本來就很奸詐吧。」

「總之你答錯了。剩下的時間不多了。滴答滴答滴答！」

亞莉亞發出時鐘的聲音。

那樣已經不是老師，而是問答節目的出題者吧。

況且她也沒告訴我時間的限制是幾秒。

這大概又是她看心情決定的吧。

「BUBU！好，時間到！」

你看，都看她的心情。

我無所謂了。

應該說，我無法陪妳玩下去了。

「……然後？答案呢？」

我嘆氣說。亞莉亞翻動裙子，從講台跳到地上，

「犯人**用瞬間移動逃走了！**」

挺起空無一物的胸部，高聲對我宣言說。

——滑！

我虛脫無力，從椅子上滑落。

「那樣太奸詐了。」

「犯罪者本來就很奸詐吧。」

亞莉亞笑著走了過來。我無言以對。

「我曾經在莫斯科，實際碰過用類似那種招數的犯人，還陷入苦戰呢。你以後也要

注意才行喔？」

亞莉亞揚起眉毛，朝我逼近。

我露出苦笑，但還是點頭回應。

「……也對啦。超常現象我們已經看到快生厭了。」

我用手戳了亞莉亞前陣子發出不可思議光芒的食指——

她突然像打勾勾一樣，用食指纏住了我的食指。

……手指和手指。

為了對方扣下幾百次扳機的手指，正彼此連繫。

我看到這一幕——感覺內心深處發出了一個小聲響。

（……絡指……？）

我在強襲科有學過。

這個叫作絡指的動作，是專門強襲的武偵們——離別時的招呼。

亞莉亞注意到我的表情僵硬，閉起了雙眼皮的眼睛……

「——我們稍微聊聊吧。到屋頂去。」

靜靜地說道。

我們來到空無一人的屋頂，在西側的護網附近並肩而立。

——暑假最後的夕陽逐漸西沉。

爽朗的海風，慢慢洗去打掃的疲勞。

最近白天還很熱，不過早晚天氣很涼。

夏天……嗎？

發生了很多事呢。不過，這段時間也要結束了。

「……好美的夕陽。好像快被他吸進去一樣。」

「妳先抓住我的袖子，免得被他吸進去了。」

我略開玩笑，回答了亞莉亞富有詩意的話語後……她覺得有趣地輕笑一聲，真的微微抓住了我的袖子。

「……其實啊……」

亞莉亞環視開始點燈的東京，另一手摸著護網。

「今天我來幫你……除了幫你補不夠的學分以外，還有其他兩個理由。」

「兩個，理由……？」

「嗯。第一個是，我想和你多聊聊。我有很多事情應該要跟你聊的。可是我卻沒有勇氣……一直在聊一些無關緊要的東西。哎呀，我很開心所以沒關係啦。」

「——緋彈的……事情嗎？」

我提起這個話題後，亞莉亞沒有轉過頭來……

「那個也是啦。」

「妳在那之後……怎麼樣？可以發出那個光彈，或是像理子一樣移動頭髮嗎？」

我單刀直入地發問。

亞莉亞則左右搖頭。

粉紅色的雙馬尾，就像平常一樣自然晃動。

「老實說，我有試過。可是好像沒辦法。」

「……是嗎……」

「好像要什麼條件吧。我原本想說，那招要對付超偵還滿方便的說。」

亞莉亞聳肩說。

我稍微安心了。

亞莉亞的體內埋藏了一種叫「緋金」的未知金屬……能夠讓她擁有像白雪或貞德那種不可思議的力量。

假如我是亞莉亞的話……我可能會對自己感到害怕吧。

不過從剛才的語氣來看，至少亞莉亞沒有害怕「緋彈」的感覺。

這是正確的嗎？還是一件危險的事情？我無法下判斷。

「那個……曾爺爺……」

聽到亞莉亞這句話，我回過頭來。

夏洛克・福爾摩斯。

他是亞莉亞的曾爺爺、伊・U的首領，同時也是世界最頂尖的名偵探。

「就跟他自己說的一樣，消失了。在那之後，任何一個國家都沒有他的消息。不過曾爺爺有一種怪癖，常常會讓人覺得自己『死了』，然後又突然出現。萊辛巴赫、香港、加爾各答、紐約。這招他以前用過很多次呢。」

「也就是說……他還活著？」

我接著說完，亞莉亞點頭。

強而有力。

似乎在說——我是如此相信。

「伊・U……這個組織，似乎瓦解了。他們好像已經在事前就決定好，當首領離開、『緋彈』交給外人之後，組織就會解散。反正他們的組織，好像本來就沒有共通的目的啦。」

「嗯，這點我已經知道了。結局實在太掃興了。」

我說話的同時，覺得這話有不少矛盾的地方。

伊・U最後很輕易就瓦解了……太輕易反而，該怎麼說呢……

不——不要再想那個組織的事情了。

「還有啊……我在伊・U已經收集了足夠的證據，所以媽媽的審判很快就要開始了。」

亞莉亞這番話，讓我想起神崎香苗女士。她因為伊・U一黨而蒙受了不白之冤。

「因為適用下級裁隔意制度，高等法院最快九月中就會宣判。如果被判無罪，檢察官又不上訴的話——媽媽就會被釋放。」

「是嗎……還差臨門一腳呢。」

「真的很感謝你，金次。我能夠走到這裡，都是託你的福。」

亞莉亞回眸一笑。我抗拒不了她的笑容，些許害羞地挪開臉。

「沒什麼啦，妳不用一本正經地跟我道謝。我只是遵守武偵憲章第一條罷了。」

換句話說，我只是「幫助同伴」而已。就當作是這樣吧。

抱歉了，制訂武偵憲章的偉人。

這次就讓我拿來遮羞吧。

「……媽媽如果被判無罪啊，我……」

亞莉亞說到這……支支吾吾了起來。

嘶……

鼻子還小小發出了聲音。

「……？」

「我啊……」

看著我的那對眼睛……

在幾近西沉的夕陽中，閃爍著。

因為……泛著淚光。

「——會回倫敦去。」

這句話——

我並不感到驚訝。

因為我已經知道……離別總有一天會到來。

「我或許不能常來學校。審判會很忙，所以我能和你見面……今天可能是最後一次了。」

亞莉亞的話語，蓋住了遠方傳來的蟬鳴聲。

「我和你的契約，原本只到解決『武偵殺手』的事情而已。所以契約其實在六月，我拿到理子的證言時就已經結束了。可是……我……還是一直牽著你的鼻子走。因為這樣還害你學分不夠。」

……亞莉亞。

自己拚命為了母親的審判，硬是牽著我鼻子走的事情……

妳其實很在意嗎？

「可是七月參加祭典的時候……你說要陪我到解決伊・U的事情時……我高興到眼淚都快流出來了。還覺得金次你……真的好溫柔……」

亞莉亞小小低下頭，把額頭放在護網上。

「在伊・U的時候，你也為了愚蠢的我賭上性命戰鬥……那個時候……我覺得你真的是，我最好的夥伴。可是……就是因為這樣，我不想再給你添麻煩了……」

亞莉亞抬起頭，再次看著東京說。

她從瀏海下方窺視我，表情顯得哀傷——

但還是勉強露出笑容，含淚欲哭地轉身對我說：

「你、你幹麼一副好像世界末日的表情啊。好醜喔。」

「我、我才沒有。倒是妳幹麼哭？」

「我沒哭！」

亞莉亞齜牙說完，一滴眼淚很湊巧地，從她眼中奪眶而出。

她在空中抓住那滴淚水。露出了「你看！我沒哭」的表情。

在亞莉亞的規則中，眼淚似乎要落下才算哭泣。

「所以……這○・一學分的小工作……是我們最後的任務呢。不過這很像我們的風格，還不錯啦。這麼說來，剛開始去青海找走失的貓咪那次，也是○・一學分呢。」

「嗯……是啊。」

「嘿、嘿！打起精神來露出笑容啊！這是一個美好的結局，你要用笑容目送我離開！」

亞莉亞用雙手捏住我的臉頰上拉，讓我露出笑容。

「啊哈！好醜的臉。」

亞莉亞說著傷人的話語，或許是因為我的表情真的很有趣——

她破涕為笑了。

我也跟著一個微笑。亞莉亞似乎覺得很滿意，便放開了手。

短暫的沉默再次流逝——

「嘿……金次你說過明年三月就不當武偵了對吧。這個想法現在還是沒變嗎？」

亞莉亞在矮我一個頭左右的位置，抬頭看我問道。

我——

小小點頭回應。

「是嗎。」

亞莉亞回應後，先是低下頭……然後，再次用圓滾滾的眼睛仰望我。

「金次，不過我有一個小提議。」

亞莉亞豎起食指，表情像在開玩笑。

「明年三月之前，你也來倫敦武偵高中。這樣還可以在英國武偵局或SAS研修，英文我會二十四小時跟在你身邊教你的。」

喂、喂……那不是「小提議」了吧。妳是叫我留學嗎？

我內心的想法似乎寫在臉上，

「……我開玩笑……的啦。」

亞莉亞苦笑低頭。

她顯得有些遺憾，或許是因為她心中真有那麼一點期待吧。

我倆回頭看夕陽。他已經沉入遠方高樓大廈的地平線中。

宛如在宣示時間到了。

「還有啊，我今天來的第二個理由……是因為我想要……一些回憶。」

亞莉亞小聲說。我探頭看她，滿臉問號。

可是，亞莉亞沒有看我。

她的臉看起來火紅，似乎不是因為……夕陽的關係。

「到現在，能夠和我搭檔的武偵——金次，只有你而已。我可能找不到比你更棒的人了。所以我不會忘記金次。然後……可以的話我也不想……被金次遺忘……」

亞莉亞扭捏地說，語氣中帶有猶豫。

「所以我想，至少趁現在多和你在一起……製造回憶……」

她說完，稍微移動雙腳……最後停了下來。

顫抖。

嬌小的膝蓋開始顫抖。

……這是怎麼了？

「你、你面向那邊。」

亞莉亞的視線往斜下挪開，似乎想用瀏海和夕陽形成的濃厚影子，掩蓋自己的眼眸。

沒辦法，我也在搞不清楚狀況的情況下，往一旁看去。

無言的時間短暫流逝……太陽也逐漸西沉。

有一樣東西……刷地……

宛如棉花的纖維，輕輕柔順地搔動了我的手背。

轉頭一看，亞莉亞的視線還是避著我，可是……

雙馬尾的其中一邊在夕陽微光的穿透下，有如一顆閃爍的粉紅鑽石——正撫摸著我的手。

因為亞莉亞朝我走近了一步。

就這麼一步。可是這一步……讓她到了我的身旁。

亞莉亞的表情似乎對某件事情感到焦躁，又好像是下定了決心。

「……」

她的視線離開我後，轉向北方……護網另一頭寬敞的「空地島」。

視線中彷彿帶著某種信息。

「……」

亞莉亞的臉頰火紅到令我擔心，因此我小心翼翼地追尋她的視線……

眼前出現的，是波音737的解體工事現場。我們在四月讓它迫降在那裡。

機內發生過的事情，在我腦中閃現。

那個時候為了活命，結果我和亞莉亞──彼此，那個……

獻出了……

人生第一次的吻。

……不會忘記。不想被遺忘。回憶。

亞莉亞剛才的話在我腦中打轉，不知為何讓我想起當時的記憶。

「金……金次，抱歉喔。我好像……突然說了奇怪的話……」

亞莉亞簡短說完，站在我身旁……沉默不語。

亞莉亞。

妳到底想說什麼啊。

回憶是什麼意思啊。

……不對。

其實我多多少少知道。

從剛才絡指的時候……其實我就已經知道了。

剛才也一樣，照那個脈絡來看——我或許可以牽住她的手。

或許，或許……亞莉亞希望我那麼做吧。

可是，我卻刻意鬆開了手指。

——爆發模式——

因為我擁有一種可說是疾病的特異體質。所以才……

（……亞莉亞……）

亞莉亞一語不發，是在等我有所反應。

恐怕也在等我行動吧。

注意到這點時，我——

……**膽怯了**。

（沒辦法。）

一個聲音從我內心深處傳來。

（……我沒辦法……）

我禁止自己這麼做。

無論是多小的動作也好，我不想做出讓彼此意識到對方是異性的事情。

時至今日……我在戰鬥中，發生過好幾次不得不用爆發模式的狀況。

可是我沒有勇氣在無人身陷危險的時候，自己去扣下那道扳機。

父親和大哥進入爆發模式也不會失去自我——能不傷害女性與之接觸。他們可以克制住衝動，保持冷靜。

那是因為，他們是大人所以才做得到吧。

——我……

還做不到。

無法壓抑在那個模式下的自己。

要是因為那樣，我和亞莉亞成了一顆滾動的石頭越演越烈……

而我要是到了最後，做了什麼傷害到亞莉亞的事情……

我們可能都會後悔一輩子吧。

一想到這裡，我就膽怯了。

就算不會那樣，今晚只有我和亞莉亞兩人獨處。會想辦法阻止我們在一起的白雪，還有會在我們面前做傻事惹亞莉亞生氣的理子，今晚都不在。

在無人可制止的狀況下，亞莉亞如果再靠近一步——

石頭可能會滾動一整晚，而我將會變成最先推動它的人。

所以我……

「……」

保持了沉默。

只能用沉默來表示拒絕。

亞莉亞靜靜等候我，一分，兩分……

接著——火紅的夕陽完全西沉了。

西沉的太陽……飄散出一種時間結束的感覺，

「果然……很不好意思呢，這種氣氛。」

亞莉亞用苦笑般的聲音，自行中止了沉默的時間。

「……是啊。」

我只回答了這句話，並發覺到自己到頭來還是傷害了亞莉亞。

亞莉亞像個孩子，她不知道這種時候該怎麼做，所以才想交由我來帶頭吧。

而我只是無視她的想法。連理由都沒說明。

我感覺自己好像讓亞莉亞丟臉了。

（……亞莉亞……）

這樣下去……不太好呢。

她是和我一起走過鬼門關的夥伴，而我在最後一段相處的時間中，竟然是以傷害她畫下句點。

至少要為她說明理由，不然太不負責任了。

所以……

因為這已經是最後了。

老實告訴她也沒關係吧。

——把我的爆發模式。

至今我們一起生活，所以我無法說出口……不過，我至少要回報亞莉亞的想法，把事情做一個善後。以一種盡到說明責任的方式。

「抱歉，金次。我好像說了一堆任性的話……是啊，你自己應該也有喜歡的——」

亞莉亞無意識地說了這句話，似乎誤會了什麼。我重新面向她，用認真的眼神打斷了她的話。

「亞莉亞。我接下來要說的事情，妳不要驚訝。」

我先說了一段前置的話語。

亞莉亞也露出認真的表情——小小點頭回應。

我輕輕深呼吸後，

「其實，我……」

我正想說出爆發模式的事情時——

就在此時。

「…………？」

我和亞莉亞幾乎在同一時間，注意到一個**異常變化**。

——蟬鳴聲停止了。

秋蟬、蟪蛄、暮蟬——所有的蟬鳴聲消失殆盡。

這不單是因為日落的緣故吧。因為最近有不少蟬會在電燈下叫一整晚。

沒錯，彷彿半徑兩公里內的所有蟬類……

同時感覺到**某樣東西**，頓時止住了叫聲——

——下一秒鐘，我察覺到某種氣息。

我和亞莉亞同時往東側轉頭。

屋頂的東側，護網的上頭——

有位少女就像踩在平衡木上一樣，

站在那裡直立不動，面向我們。

掛在她肩膀上的，是一把閃著淺黑色光芒的德拉古諾夫。

那是一把細長、重量輕、耐用度佳、以戰場運用為理念，設計而成的實戰型狙擊槍。

「……蕾姬。」

我叫了她的名字。

她是狙擊科的S級武偵——蕾姬。

她站在那裡做什麼？

不對，應該問……她是何時站在那裡的。

我完全沒注意到她的存在。不僅是我，連身為S級武偵的亞莉亞也一樣。

「……啊、啊……那個，蕾姬。不、不是這樣的喔？**這是**……那個……」

亞莉亞退開一步，腳步略微慌張，汗顏地指著我。

轟、轟轟轟轟轟！

就算在昏暗中我也看得出來，她的臉頰變得更加火紅，頭上還冒出蒸氣。

「這、這沒什麼。我、我們只是剛才在一起工作而已。所以那個……」

看來亞莉亞似乎以為……和我獨處的事情被蕾姬看到了。

不對，實際上或許真是如此。畢竟蕾姬先前曾用狙擊槍的瞄準鏡，偷窺過我的房間。

每個人都有自己的癖好。蕾姬看似沒什麼興趣，其實搞不好有偷窺癖呢。

「…………」

我看著蕾姬。亞莉亞在我身旁踏步，感覺有些緊張，

「啊……力保美達！」

接著如此大叫，有如在唸魔法咒文一樣。

「剛、剛才的拖地比賽我輸給你了，所以我要去買才行……對吧！」

亞莉亞拿這個當藉口，一臉想立刻逃離這尷尬狀況的模樣——

好幾次轉頭看我，一面腳打結，一面「答！答答！答答答！」地跑過屋頂。

隨後晃動著雙馬尾，快步走下樓。

「…………」

蕾姬還是沉默不語。

她身後的東邊天空，有一輪形狀特大的月亮——

彷彿想取代西沉的火紅色太陽，正放射出皎潔的月光。

——一種令人目眩的，深藍色光輝。

Go For The NEXT!!!

Go For The NEXT!　Hello・蕾姬

「……打擾到你們了嗎？」

蕾姬在月光下目送亞莉亞的背影，終於開口說。

接著便像貓一樣走在護網上，往這裡過來。

我沒回答她的問題，

「……妳在這幹麼啊？」

而是反問很快就走到我頭頂上的蕾姬說。

「我在讀東西。」

「讀東西……？妳沒帶書在身上吧？」

「不是讀書。」

「那是讀什麼啊？」

聽到她難以理解的回答，我再次發問說。

「——讀風。」

蕾姬如此回答。讓人感到些許寒冷的海風，微微吹動了她的短髮。

由於她制服的短裙也跟著晃動……

於是我些許面紅，讓視線離開了站在高處的蕾姬。

「……妳下來吧。那樣居高臨下跟別人說話，不太好喔。」

我說完……

過了片刻也沒感覺到她有任何的反應，於是我再次瞄了護網上方……

蕾姬已經不見了。

「……！」

接著我轉頭一看，稍微倒抽了一口氣。

因為不知不覺間——

蕾姬早已無聲無息地，離開了護欄站在我身旁不遠處。

「風開始錯亂了——」

她自言自語。

「……妳說什麼？」

我不禁反問，背部同時感到一陣寒意。

因為蕾姬的眼睛，正看著遠方的天空。

這傢伙也是……該怎麼說呢，有妄想症啊。

「金次同學。」

一雙有如玻璃工藝的眼睛，朝我望了過來。

幹、幹什麼啊。

我一個畏縮，就在這個瞬間——

蕾姬逼近到我身旁，伸直了背脊——

「——！」

——親吻了我——

（……不是，吧——？）

這實在……

太突然了。

我只能一臉茫然，感受著蕾姬滑溜如矽膠的嘴唇，和我的嘴唇重疊。

蕾姬的吻，隱約傳來薄荷的香味。

——嘩啦！

我聽到玻璃摔破的聲音，抓著蕾姬的雙肩轉過頭一看——

亞莉亞，

她在頂樓的樓梯口，把手中的兩瓶營養飲料，同時弄掉在地。

兩個瓶子落在她的帆布鞋旁，碎掉了。

「……啊……」

亞莉亞紅紫色的眼眸圓睜，說不出話來——

等到和我對上眼後，她才一張一合地動起嘴巴，

「抱、抱歉。我、那個……都、都不知道……！」

勉強從喉嚨深處擠出了娃娃聲。

「……原、原來是這樣啊，金次。抱歉，我……不、不知道是這樣，啊，不是，我不是說這樣不好。因為那個，你已經是高中生了，也會有喜歡的人……所、所以剛才……你才會那樣啊——」

亞莉亞驚慌失措，不停顫抖——

——在我正想開口說明之前，她已經飄動雙馬尾，轉過身去。

「抱……抱歉！真的很抱歉，金次……！」

亞莉亞用尖銳的假音丟下這句話後，便如脫兔般逃走了。

答答答答……！跑下樓梯的聲音逐漸遠去。

「……亞莉亞……！」

我打算追她時，身後突然——

傳來鏗鏘一聲。

在強襲科鍛鍊到生厭的五感，強迫我轉過頭去。

仔細一看，正如我耳朵所判斷的一樣……身後的蕾姬已經放下肩膀上的槍。她把槍托放在腳邊，手握槍身的握把，把全長一百二十公分長的狙擊槍像拐杖一樣立了起來。

宛如一個在守護無形之門的士兵。

「金次同學。」

蕾姬再次叫了我的名字，視線有如相機的鏡頭般望著我。

那個視線，讓我的意識本能性地集中在蕾姬身上。

這雙眼睛。

就像獵人在看獵物一樣。

「你和亞莉亞同學不能結合。」

「……什……」

什麼。

這是在說什麼，蕾姬。

「從今以後，我會當你的夥伴。」

「喂、喂……」

撲通！

我感覺到身體的中心和中央，有一陣不祥的鼓動……

我用手背按住嘴巴，像要封印剛才的吻一樣，退離了蕾姬一步。

「你們變強了。」

蕾姬的聲音沒有抑揚頓挫，宛如在播放預先錄好的聲音。

「如果是伊・U等級的敵人，那樣的實力大概就夠了吧。事實上，另一位金次同學和我空手對打的話——十之八九會是你贏。」

這傢伙——**她知道嗎**？

伊・U的事情。

還有我的事。

「可是，**今後的敵人**，光靠蠻力是打不倒的。所以你應該要知道，只要用對方法，還是有人可以輕易殺死你們。」

今後的……敵人？

這句話可不能聽聽就算了。

但我還沒來得及反應，蕾姬就續道：

「例如，狙擊手。能夠長時間潛伏並從遠方攻擊的我們……可以輕易解決戰鬥時間短暫的超能力者，或是只能在近距離交戰的手槍手。」

蕾姬說完，從水手服的胸前口袋中，取出一發子彈。

「——穿甲彈……」

我看到子彈後低語。蕾姬沒有回答。

彈頭的形狀和色澤，都和普通的狙擊彈不同——

那是穿甲彈吧，就跟夏洛克射中加奈的子彈一樣。

「現在，我要告訴你這一點。」

蕾姬流暢地拔下彈匣，喀嚓一聲將致命的子彈塞入。

我在她面前，感覺到那股力量終於開始高漲。

——爆發模式。

一個以性亢奮為契機，能夠使我發揮出高於常人三十倍的能力。

「看來時間差不多了。」

蕾姬再次裝上彈匣，夾著狙擊槍。

我在心中，痛罵自己的愚蠢。

沒錯。這種狀況就跟我人生的模式差不多。

每次解決一件事情開始鬆懈後——就會出現新的麻煩製造者。白雪和理子那次都是這樣，現在我又鬆懈了。

不過，我沒想過接下來會是蕾姬就是了。

蕾姬拿起狙擊槍瞄準我，我露出了苦笑。

「金次同學。」

「……幹麼？」

「請和我結婚。」

出乎意料的一句話——

嗄！

讓我發出了不成聲的聲音。

「……蕾姬，可能是我聽錯了……妳剛才說……？」

「我向你求婚了。」

……

…………

粉……粉雪。抱歉我不該懷疑妳。

妳是對的。有人會在這個月……向我納采嗎？今天確實是八月三十一號。

「等、等一下，蕾姬。妳這樣太突然了。至少要有個開場白吧。」

「開場白我已經說了。從今以後，我會當你的夥伴。」

蕾姬一派輕鬆地說完——現在腦袋的轉速和電腦一樣快的我，想到了「搶婚」或「奉子成婚」之類的單字。

不過真要說的話，都是男生會做的事情就是了。

「這、這是我的榮幸……蕾姬。可是說這句話的時候，不應該用槍指著人吧。」

爆發模式的血液在我腦中繞行，我盡量平靜對應，同時後退了一步。

「我不會讓你逃走的。」

蕾姬重新把槍口對準我。我甚至感覺她已經和德拉古諾夫融為一體。

妳、妳出乎意料地還挺熱情的嘛。

蕾姬凝視著畏縮的我，雙眼彷彿要將我貫穿。

「要是你拒絕的話——」

她宣告此刻另一個新的大事件，已經揭開了序幕。

以奪走亞莉亞風采的這句話。

「——我就開洞。」

Go For The Next!!!!!

後記

聖誕快樂！今年赤松聖誕老人也來了！
就是這樣，赤松能夠為大家送上〈緋彈的亞莉亞〉第五集，實在是很幸福。
這次亞莉亞和自己的曾爺爺：名偵探夏洛克・福爾摩斯相遇了。
一連串動盪的劇情發展，可能會有讀者擔心：「《緋彈的亞莉亞》該不會要結束了吧？」不會不會！絕對不會！
故事還沒結束呢！
應該說，故事到此只是一個漫長的序曲……
亞莉亞一行人的冒險，現在才要正式開始。
不這樣的話，我會被出場機會還不多的她狙擊啊！（汗）
言歸正傳，第五集中除了本篇之外，我還帶著感謝的心情，為喜歡書中角色和世界觀的各位讀者，寫下了三篇短篇小說。
請你務必要和金次一起……享受白雪的妹妹來訪、和理子踢足球，還有跟亞莉亞比賽拖地的快樂日常生活篇。

不過呢……

《緋彈的亞莉亞》到第五集了，不過這部作品還有許多謎題呢。

因此，這次我在後記中開設了「緋彈的亞莉亞Q&A專欄」！

關於角色、武偵高中、槍枝或招式，任何問題都OK。希望大家能夠盡量地來信詢問《緋彈的亞莉亞》相關的問題！

問題可利用版權頁上的QR碼，連結到行動問卷的訊息欄；或者郵寄到版權頁上的住址來喔。

赤松將會回答從這當中選出來的問題！

這次我就先回答漫畫版《緋彈的亞莉亞》——於月刊Comic alive連載中——的製作團隊的問題，當作一個測試吧。

Q：「金次的房間，到底是如何隔間的？」

啊啊！這點光看文章的確很難懂呢……！

金次目前住在武偵高中第三男生宿舍。這棟宿舍內，有好幾間擁有細長走廊的房間。學生可以先記住走廊到門之間的距離，讓自己在日常生活中也能練習目測直線距離。金次的房間，也是其中一間能做此訓練的房間。下一頁我附上了平面圖，來供大家參考！

N
陽臺
置物櫃
薄型電視
電腦架
玻璃桌
沙發椅（四張）
不繡鋼桌
外凸窗
雙層床
雙層床
起居室
壁櫥
室外
浴缸
浴室
洗臉臺
門簾
飯廳
花臺
餐桌
木架
置物櫃
WC
小房間 1
走廊
食物架
廚房
冰箱
共同走道
小房間 2
小房間 4
壁櫥
壁櫥
小房間 3
小房間 5
玄關
共同走道

那麼第五集到此結束了。我們下個季節再會吧。掰掰！

二〇〇九年十二月吉日　赤松中學

繪者後記

祝！亞莉亞第五集發售！

大家好，我是こぶいち。

蕾姬這次在本篇中，也接二連三地說出了爆炸性宣言啊。

她難得上了卷末附頁，所以我試著改變了她的髮型。

蕾姬常常跟耳機和德拉古諾夫一起出現，是個很樸素、畫起來又花時間的女孩。因此畫出來的成就感也是最大的。

我非常期待今後她會大顯身手！

祝!!
アリア5巻
発売
……
こんにちはこぶいちです。
今回は本編でも衝撃発言を
連発したくれたレキ。
せっかくのおまけページなの
髪型も変えてみました。
レキは常にヘッドフォンと
ドラグノフがセットなので
地味に手のかかる子なのです
その分描いた後の達成感は
一番だったりします。
今後どう活躍してくれるのか
非常に楽しみですね！

浮文字

緋彈的亞莉亞(5) 序曲的終止線

(原名：緋弾のアリアV 序曲の終止線(プレリュード・フィーネ))

作者／赤松中學　封面插畫／こぶいち　譯者／林信帆
發行人／黃鎮隆　副總經理／陳君平
總編輯／洪琇菁　國際版權／黃令歡
執行編輯／呂尚燁　美術主編／李政儀
企劃宣傳／邱小祐
出版／城邦文化事業股份有限公司 尖端出版
台北市中山區民生東路二段一四一號十樓
電話：(〇二)二五〇〇七六〇〇　傳真：(〇二)二五〇〇二六八三
E-mail：7novels@mail2.spp.com.tw
發行／英屬蓋曼群島商家庭傳媒股份有限公司城邦分公司 尖端出版
台北市中山區民生東路二段一四一號十樓
電話：(〇二)二五〇〇—七六〇〇(代表號)
傳真：(〇二)二五〇〇—一九七九
北部經銷／祥友圖書有限公司
電話：(〇二)八五一二—三八五一
傳真：(〇二)八五一二—四二五五
中部經銷／高見文化行銷股份有限公司
電話：〇八〇〇—〇五五—三六五
傳真：(〇二)二六六八—六二二〇
雲嘉經銷／智豐圖書股份有限公司 嘉義公司
電話：(〇五)二三三—三八五二
傳真：(〇五)二三三—三八六三
南部經銷／智豐圖書股份有限公司 高雄公司
電話：(〇七)三七三—〇〇七九
傳真：(〇七)三七三—〇〇八七
一代匯集／香港九龍旺角塘尾道六十四號龍駒企業大廈十樓B&D室
電話：(八五二)二七八三—八一〇二
傳真：(八五二)二七八二—一五二九
法律顧問／王子文律師 元禾法律事務所
台北市羅斯福路三段三十七號十五樓
二〇一〇年十一月一版一刷
二〇一七年八月一版九刷

■中文版■

國家圖書館出版品預行編目資料

緋彈的亞莉亞 / 赤松中學 著 ; 林信帆 譯. --1版.
--臺北市 : 尖端出版, 2009[民98] 面 ; 公分. --(浮文字)
譯自:緋弾のアリア
ISBN 978-957-10-4370-8(第5冊 : 平裝)

861.57 98014545